D1424900

Elaine Arsenault

❁ L'OR DES GITANS 2 ❁

Le destin de Ballanika

Dominique et compagnie

DIRECTION LITTÉRAIRE
Agnès Huguet

Grand roman Dominique et compagnie

☸ L'OR DES GITANS 2 ☸

Le destin de Ballanika

TEXTE
Elaine Arsenault

ILLUSTRATIONS
Gabrielle Grimard

TRADUCTION
Caroline LaRue

**Catalogage avant publication
de Bibliothèque et Archives
nationales du Québec et
Bibliothèque et Archives Canada**

Arsenault, Elaine
Le destin de Ballanika
(L'or des gitans)
(Grand Roman)
Traduit de l'anglais
Pour les jeunes de 10 ans et plus.

ISBN 978-2-89512-651-5

I. Grimard, Gabrielle, 1975- .
II. LaRue, Caroline, 1970- . III. Titre.

PS8551.R827D47 2008 jC813'.6 C2008-940352-5
PS9551.R827D47 2008

Dépôts légaux : 3e trimestre 2008
Bibliothèque et Archives nationales du Québec
Bibliothèque nationale du Canada
Bibliothèque nationale de France

Imprimé au Canada
10 9 8 7 6 5 4 3 2 1

Direction littéraire et artistique : Agnès Huguet
Conception graphique : Primeau & Barey
Révision : Céline Vangheluwe
Correction : Corinne Kraschewski

Dominique et compagnie
300, rue Arran, Saint-Lambert
(Québec) J4R 1K5 Canada
Téléphone : 514 875-0327
Télécopieur : 450 672-5448
Courriel :
dominiqueetcie@editionsheritage.com
Site Internet :
www.dominiqueetcompagnie.com

Nous remercions le Conseil des Arts du Canada de l'aide accordée à notre programme de publication. Nous reconnaissons l'aide financière du gouvernement du Canada par l'entremise du Programme d'aide au développement de l'industrie de l'édition (PADIÉ) pour nos activités d'édition.

Nous reconnaissons l'aide financière du gouvernement du Québec par l'entremise du Programme de crédit d'impôt pour l'édition de livres – SODEC – et du Programme d'aide aux entreprises du livre et de l'édition spécialisée.

À ceux que l'on ne reverra jamais
et que l'on aimera toujours

PREMIÈRE PARTIE

La dame de nacre

Une enfant aussi pure
que la plus pure des perles.
Owen Meredith
Tiré du poème Lucile

CHAPITRE 1

Au-dessus de l'océan, à mille lieues du continent le plus proche, une étrange montgolfière voguait doucement dans le ciel étoilé. Aussi invraisemblable que cela puisse paraître, il s'agissait d'un simple panier en osier surmonté de draps de soie gonflés par la chaleur d'une lampe à huile. À bord de cette embarcation de fortune se trouvait une jeune gitane prénommée Lily. Elle dormait à poings fermés, en chemise de nuit, les cheveux en bataille. Elle serrait sur son cœur une boîte en bois sombre.

Soudain, une bande de nuages gris fonça en direction de la montgolfière. La nacelle se balança si fort que la jeune passagère se réveilla. Les paupières lourdes de sommeil, elle scruta l'horizon. Il n'y avait pas la moindre parcelle de terre en vue.

Où pouvait-elle bien être ? Lily n'en avait aucune idée. Elle savait seulement qu'elle n'avait pas rêvé. Toute la nuit, elle avait volé, portée par le vent.

Une nouvelle rafale souleva sa chevelure rousse et secoua brutalement le ballon. Lily s'agrippa au rebord du panier. Puis un éclair déchira le ciel, et l'aéronef se mit à faire des vrilles incontrôlables. Plus bas, la mer se déchaînait. Les vagues écumantes bondissaient, tels de gigantesques monstres affamés ouvrant la bouche toute grande, menaçant à chaque instant d'engloutir l'embarcation.

Une pluie froide et furieuse s'abattit sur l'océan. Lily se couvrit la tête avec le châle qui se trouvait à ses pieds. Quand elle sentit la laine fine sur son visage, une foule de souvenirs lui revinrent à la mémoire.

Elle se rappela avoir été enlevée et emmenée sur un bateau où un affreux pirate l'avait enfermée dans une cage, privée d'eau et de nourriture pendant des jours et des jours. Elle avait ensuite été sauvée par un homme au grand cœur qui l'avait aidée à s'échapper du bateau en lui fabriquant cette montgolfière. Il avait même prévu des provisions et des couvertures pour qu'elle survive au long voyage qui l'attendait. Cet homme s'appelait Tanaga.

Tout à coup, Lily réalisa la chance qu'elle avait d'être toujours en vie et d'avoir recouvré sa liberté après tant d'épreuves. Mais elle se rappela aussi comment les pirates l'avaient arrachée à Ophélia, la gitane qui l'avait adoptée peu de temps après sa naissance, et à Zingaro, son cheval. Tout ce qui la rattachait désormais à eux, c'étaient ses souvenirs, ainsi que ce châle et la boîte d'ébène qui renfermait ses potions magiques et quelques objets de son enfance.

« Reverrai-je un jour Ophélia et Zingaro ? se demanda Lily, le cœur gros. Où sont-ils maintenant ? »

Un bruit assourdissant l'arracha à ses pensées. L'orage grondait.

La pluie se mit à tomber si fort que le ballon de soie s'affaissa. La montgolfière s'écrasa aussitôt dans les flots mugissants. Lily fut violemment projetée hors du panier. Elle se retrouva dans la mer, ballottée dans tous les sens comme une poupée de chiffon. La jeune fille se débattait, luttant pour éviter la noyade. La lampe à huile bascula et coula, ainsi que les provisions.

Une vague vint lécher le dernier objet qui restait dans le panier en osier et qui était le bien le plus précieux de Lily. Elle hurla :
– Ma boîte d'ébène !

Au même instant, elle distingua des ombres inquiétantes rôdant autour d'elle sous la surface de l'eau. Étaient-ce des requins ? Quelque chose frôla sa cheville. Horrifiée, la jeune fille cria :
– Allez-vous-en ! Laissez-moi !

Lily eut beau résister de toutes ses forces, elle se sentit aspirée vers le fond. Elle avala une grande gorgée d'eau salée. Une vague la submergea. Elle sombra.

CHAPITRE 2

Lorsque Lily reprit conscience, elle crut d'abord qu'elle rêvait car un être au visage angélique flottait au-dessus d'elle. C'était une femme aux longs cheveux châtains, vêtue d'une robe verte. Une sirène ? Instinctivement, la jeune gitane porta la main à son épaule, à la recherche du châle d'Ophélia. Elle sentit le tissu de sa chemise de nuit mais le châle avait disparu.

La jeune gitane se redressa et regarda autour d'elle. Le spectacle qui s'offrait à ses yeux dépassait tout ce qu'elle aurait pu imaginer. Elle était allongée sur un lit somptueux, constitué d'une multitude de perles d'huîtres d'une blancheur parfaite. On y avait déposé une épaisse couche d'algues et d'herbes marines en guise de matelas, et des éponges de mer bien moelleuses faisaient office d'oreillers.

Le lit trônait au centre d'une vaste pièce aux murs orangés. Lily comprit qu'elle se trouvait dans une grotte tapissée de corail. Un trou dans la voûte laissait pénétrer les rayons du soleil, qui se reflétaient sur les parois irisées. Des centaines de poissons nageaient en toute liberté dans la pièce. Il y en avait d'une grande variété de formes et de couleurs. Lily remarqua d'énormes raies grises, des bancs de poissons-chats rayés et de minuscules poissons aux écailles jaune vif.

Au plafond, des hippocampes bleus et dorés dansaient gracieusement, accrochés par la queue à des branches de corail. Dans le fond de la grotte, un léger scintillement ajoutait à l'enchantement du lieu. Il provenait d'une grande porte ornée d'arabesques et d'étoiles sculptées dans de la nacre.

« Je suis sous l'eau, se dit Lily, stupéfaite. Donc... je me suis noyée ? Je suis morte ?! » Elle porta la main à son cœur. Il battait toujours. Puis elle réalisa qu'elle respirait. « Comment est-ce possible ? pensa la jeune fille. Normalement, on ne peut pas respirer sous l'eau. Et comment se fait-il qu'aucune goutte n'entre dans mon nez ou dans ma bouche ? »

Soudain, Lily sentit quelque chose d'étrange sur sa langue. C'était un petit objet au contour irrégulier.

Un caillou ? La dame à la robe verte sembla deviner la confusion de la jeune gitane et approcha son visage du sien. Elle ouvrit la bouche. Elle avait, elle aussi, un minuscule caillou sur la langue. Il en émanait une faible lueur rougeâtre.

La créature se pencha vers le sol et, avec son index, traça des lettres dans le sable pour former un mot : BALLANIKA. Elle posa ensuite sa main sur sa poitrine. Lily comprit alors qu'il s'agissait de son nom.

La jeune fille se leva et fit quelques pas hésitants sur le sol de la grotte. Quelle merveilleuse sensation de légèreté ! Elle avait l'impression de flotter en marchant. À son tour, elle écrivit son prénom dans le sable.
– Lily, murmura faiblement Ballanika, comme si elle n'avait pas parlé depuis très longtemps.

Surprise, la jeune fille s'exclama :
– Vous pouvez parler ! Et nous pouvons entendre nos voix... sous l'eau ?

Ballanika acquiesça.
– Mais, qui êtes-vous ? demanda Lily. Une sirène ?

La créature souleva légèrement le bas de sa robe. Au lieu de la queue de poisson que Lily s'attendait à voir, Ballanika avait deux jolis pieds délicats.
– Vous êtes une femme, tout simplement ? s'étonna la jeune fille.

Ballanika ne répondit pas. De ses longs doigts gracieux, elle effleura un banc de poissons bleus qui changèrent aussitôt de direction. Ils disparurent à travers un petit trou dans le mur de corail.

Lily observa attentivement Ballanika. Celle-ci devait avoir environ vingt ans. Sa peau avait un éclat incomparable. Elle était translucide et brillait comme de la nacre. Mais, malgré ses beaux yeux noisette, son visage était inexpressif.
– Dites-moi… Comment suis-je arrivée ici ? demanda Lily.
– Ce sont les dauphins qui t'ont amenée…
– Les dauphins ?

Ballanika hocha simplement la tête, sans donner davantage d'explications.

Lily continua à la questionner :
– Et que faites-vous dans cette grotte ?

– J'attends…, répondit la nymphe, le regard vide.
– Est-ce que nous sommes mortes? Est-ce que nous sommes au paradis?
– Nous sommes vivantes, mais bien loin du paradis. Ici, c'est le fond de la mer. Cette grotte est ma maison.
– Comment se fait-il que nous soyons capables de respirer sous l'eau? demanda encore Lily.
– C'est grâce aux cailloux que nous avons sur la langue: ils sont magiques. Je crois que si on les garde dans sa bouche, on peut vivre indéfiniment sous l'eau, répondit Ballanika.

Lily fit glisser sa langue contre ses dents pour faire bouger la petite pierre, mais celle-ci resta en place. Puis elle désigna la belle porte incrustée de nacre:
– Qu'y a-t-il par là?

Une ombre voila le visage diaphane de la jeune femme.
– Je ne peux pas te le dire. Et tu dois me promettre de ne jamais chercher à le savoir.

La dame de nacre avait parlé d'une voix si mélancolique que Lily comprit qu'un lourd secret se dissimulait derrière la porte mystérieuse.

CHAPITRE 3

Ballanika prit la main de Lily dans la sienne. Elle donna un léger coup de talon sur le sol pour se donner un élan et s'éleva dans l'eau sans effort apparent, entraînant la jeune fille avec elle.

Lily n'avait jamais nagé de sa vie. Elle éprouva une merveilleuse sensation de liberté en sentant son corps glisser dans l'eau tiède.

Bien vite, elle imita les battements de jambes de Ballanika. Puis elle lâcha sa main et s'enhardit à faire de grands mouvements réguliers avec ses bras. Elle allait et venait dans la grotte de corail, effleurant le lit de perles blanches, passant devant les hippocampes, revenant vers la porte incrustée de nacre.
– Je nage ! s'écria-t-elle, enchantée.

Ballanika ne répondit pas, mais une petite lumière s'alluma dans ses yeux. Lentement, elle nagea vers l'ouverture dans la voûte de la grotte. Lily la suivit.

De l'autre côté s'étendait à perte de vue un récif recouvert d'algues brillantes et d'étoiles de mer. Lily n'en croyait pas ses yeux. Elle contemplait avec émerveillement les créatures qui peuplaient ce formidable jardin aquatique : les anémones de mer, les oursins noir et violet, les crevettes translucides.

Devant elle, Ballanika balayait de sa fine main le sable qui s'était amoncelé sur un rocher. Elle y cueillit de jolis coquillages et de délicates branches de corail, qu'elle glissa dans la poche de sa robe.

Elle revint ensuite vers la jeune fille et lui tendit un petit objet rond.
– C'est une perle d'huître, Lily. Je te l'offre…
– Comme elle est belle, Ballanika, s'exclama la jeune gitane. Merci, je la garderai précieusement. Je la rangerai dans…

Lily s'interrompit brusquement. Son visage s'assombrit.
– Qu'y a-t-il ? lui demanda Ballanika.
– J'ai perdu quelque chose, soupira la jeune fille.
– Quoi donc ?

Lily avait perdu l'objet qui lui était le plus cher au

monde. Prenant dans sa main la clé minuscule qu'elle portait à son cou, elle répondit d'une voix étranglée :
– C'est... c'est...

Incapable d'en dire davantage, elle baissa la tête et se tut. Ballanika caressa doucement les cheveux de Lily. La jeune fille se calma un peu puis reprit :
– C'est une boîte d'ébène que m'a donnée Ophélia, ma mère adoptive. Il faut que je la retrouve !

Ballanika la regarda d'un air rassurant :
– Eh bien, nous allons la retrouver, cette boîte ! Mais nous devons faire vite. Sinon, le sable transporté par le courant l'aura déjà ensevelie.

Lily et Ballanika quittèrent le jardin aquatique et s'enfoncèrent dans les profondeurs. Elles croisèrent en chemin des méduses qui ondulaient comme de la dentelle au vent. Elles s'aventurèrent dans des cavités rocheuses peuplées de poulpes et de crabes qui effrayèrent la jeune fille.

En passant près d'une crevasse, elle remarqua des animaux marins qu'elle prit d'abord pour des serpents. Leur corps était cylindrique et allongé, et leur peau sans écailles semblait lisse et épaisse. Dans leur bouche grande ouverte, on voyait des crocs pointus et recourbés. « Ce sont des murènes, chuchota la dame de nacre à l'oreille de sa compagne. Il faut les laisser tranquilles car leur morsure est douloureuse. » Les murènes avaient une apparence si peu engageante que Lily n'avait aucune envie de les déranger !

Lorsqu'elles atteignirent enfin le fond de l'océan, il faisait si sombre que Lily distinguait à peine la silhouette de Ballanika.

Mais, peu à peu, ses yeux s'habituèrent à l'obscurité. Elle vit que la dame de nacre était en train de fouiller le sol et décida de l'imiter. À la vue des deux nageuses, un banc de poissons grisâtres surmontés d'aiguilles phosphorescentes s'approcha, comme pour les éclairer.

C'est alors que Lily aperçut une forme étrange flottant près d'elle, tel un fantôme fatigué. Son cœur se gonfla d'espoir. C'étaient des draps de soie !
– Ballanika ! Venez voir ! Je l'ai retrouvée ! C'est ma montgolfière !

Sous les draps, Lily et la jeune femme découvrirent le panier en osier, à demi enfoui dans le sol.
– Ta boîte d'ébène ne doit pas être bien loin, affirma Ballanika.

À ces mots, elle se remit à faire voler des nuages de sable. Quant à Lily, elle regarda scrupuleusement derrière chaque rocher et entre les longues algues emmêlées.

Elles cherchèrent longtemps. Tout à coup, Lily se rendit compte que le drap blanc avait disparu au fond de l'océan. Entraîné par le courant, le sable avait entièrement recouvert la montgolfière.

La jeune gitane sentit le désespoir l'envahir. « Je ne retrouverai jamais ma précieuse boîte, pensa-t-elle. Je n'ai plus rien à faire ici. Je dois sortir de l'eau ! »

Elle regarda du côté de Ballanika. Celle-ci était occupée à soulever des algues. Son visage était redevenu aussi inexpressif que lorsque Lily l'avait rencontrée. La jeune fille s'élança alors vers la surface, nageant aussi vite qu'elle le put.

Elle aperçut enfin les rayons du soleil qui transperçaient les flots. Puis elle vit l'ombre d'un albatros passer au-dessus de la mer.

Mais, juste au moment où elle allait sortir la tête de l'eau, elle se heurta à un écran invisible, aussi dur que de la glace. Avec l'énergie du désespoir, Lily poussa de toutes ses forces sur la couche transparente, puis la frappa à coups de poing. Rien n'y fit. La jeune fille se rendit alors un peu plus loin et essaya de nouveau. Mais en vain. Il n'y avait pas moyen de s'échapper.

CHAPITRE 4

– Je suis prisonnière ! Je veux sortir d'ici ! criait Lily, complètement affolée.

Elle sentit une main se poser sur son épaule.
– C'est impossible, dit Ballanika avec douceur.
– Pourquoi ? hurla la jeune fille.
– C'est à cause du caillou que tu as sur ta langue, répondit Ballanika. Il te permet de respirer sous l'eau. Mais, en même temps, il t'empêche de regagner la surface.
– Je vais le recracher !
– Ne fais surtout pas ça, Lily ! Si tu t'en débarrasses, le plafond de l'océan restera quand même dur comme de la glace. Et tu mourras noyée.
– Je ne veux pas mourir ! cria la jeune fille. Je veux revoir Ophélia !

Elle tambourina de plus belle contre la surface de l'eau. Finalement, à bout de forces, elle abandonna et se tourna vers Ballanika.

– Alors, je ne pourrai jamais partir ? fit-elle d'une voix éteinte.

La dame de nacre ne répondit rien, mais la jeune fille lut la réponse dans ses yeux résignés. Elle était condamnée à être éternellement séparée de ceux qu'elle aimait. Elle ne reverrait jamais Ophélia ni Zingaro. Lily se souvint alors qu'Ophélia lui avait prédit, en lisant les lignes de sa main, qu'elle trouverait un jour l'amour. Comment avait-elle pu se tromper à ce point ?
– Vous êtes ici depuis combien de temps ? demanda Lily même si elle redoutait la réponse.
– Je ne le sais pas vraiment, répondit Ballanika d'un ton évasif.

Comprenant la détresse de la jeune fille, elle poursuivit :
– Vois-tu, Lily, pour moi aussi, c'est difficile de vivre ainsi. Mais il le faut, je n'ai pas le choix. Et je garde toujours une lueur d'espoir au fond de mon cœur.

L'espoir ? Lily avait l'impression qu'il ne lui en restait plus une miette. Elle ne s'était jamais sentie aussi impuissante, même lorsqu'elle était derrière les barreaux de sa cage, prisonnière de Skate.

Elle se rappela alors que, avant de s'enfuir du bateau des pirates, elle avait remis à Tanaga tout ce qui lui restait de sa potion qui donne du courage. Son cœur se serra en pensant à son ami, mais elle songea qu'elle aurait bien eu besoin de cette potion maintenant !

Ballanika prit les mains de la jeune fille entre les siennes.
– Je suis certaine que les gens qui t'aiment ne t'ont pas oubliée, affirma-t-elle.
– Vous croyez vraiment ? demanda Lily.
– J'en suis même sûre !
– Au moins, nous sommes ensemble toutes les deux, n'est-ce pas ? murmura la jeune fille.
– Tu as raison, Lily ! répondit Ballanika. Tu verras, tu ne seras pas malheureuse ici avec moi…

Ballanika avait dit vrai. Lily n'était pas malheureuse. Sa curiosité naturelle refit rapidement son apparition. Elle prit bientôt plaisir à accompagner la dame de nacre dans ses promenades sous-marines. Ballanika lui fit découvrir les innombrables beautés du jardin aquatique, lui présentant les plantes et les animaux qui le peuplaient. Peu à peu, la jeune fille s'attacha à sa compagne, dont elle appréciait la grande douceur et la patience infinie.

Lily et Ballanika n'avaient pas besoin de se nourrir. Les petits cailloux fixés sur leur langue semblaient avoir un autre pouvoir : ils leur permettaient de survivre sans s'alimenter. La nuit, les deux amies regagnaient la grotte et s'allongeaient côte à côte sur le lit de perles. Lily sombrait alors dans un sommeil sans rêves.

Un jour, Ballanika entraîna Lily vers une butte sablonneuse à l'extrémité du jardin aquatique. Au sommet de la butte trônait une conque d'une grande beauté.

La dame de nacre prit le coquillage et le secoua légèrement pour en faire sortir une aiguille dorée et du fil. Il en tomba également une douzaine de petits morceaux de nacre et de corail. Lily remarqua qu'ils étaient taillés en forme de croissant de lune, de poisson, de dauphin... Ballanika choisit une étoile miniature et la perça à l'aide de son aiguille.
– Qu'est-ce que tu fais ? demanda la jeune gitane, fascinée.

– Je fabrique un collier. Tu sais, c'est moi qui ai sculpté toutes ces pièces, répondit Ballanika.

Lily la regarda passer patiemment le fil dans chaque morceau de nacre.
– Si tu veux, je peux t'apprendre !

La jeune gitane accepta avec enthousiasme.
– Choisis-en-une. Prends celle que tu préfères !

Elles étaient toutes très jolies. Lily avait l'embarras du choix. Elle opta pour un cœur en corail. Ballanika lui montra alors comment y percer un trou minuscule à l'aide de l'aiguille.

Assises sur la butte au fond de la mer, les deux compagnes meublèrent leur solitude en fabriquant chacune un interminable collier.

Le temps semblait s'être arrêté.

CHAPITRE 5

Impossible de savoir combien de jours et de nuits s'étaient écoulés depuis que la jeune gitane vivait sous la mer. Ballanika et Lily avaient abandonné leurs recherches pour retrouver la boîte d'ébène. Peut-être Lily avait-elle fini par l'oublier. Quoi qu'il en soit, elle n'en parlait plus.

Les journées passaient et se résumaient à peu de choses : assises l'une près de l'autre, les deux amies triaient des coquillages, les sculptaient puis les enfilaient en silence. Pour Lily, ce rituel était devenu une raison de vivre.

Parfois, lorsqu'elles se trouvaient dans la grotte, la dame de nacre disparaissait derrière la porte mystérieuse. Elle y entrait toujours seule, car elle avait interdit à Lily de l'accompagner.

En l'attendant, la jeune fille s'allongeait sur le lit de perles. C'était toujours dans ces moments de solitude que le souvenir d'Ophélia et de Zingaro venait la hanter. Toutefois, au fil du temps, ces images s'estompaient. Un jour, la jeune fille constata qu'elle ne se rappelait presque plus le visage d'Ophélia. Envahie par la tristesse, elle se mit à sangloter.

Ballanika avait dû l'entendre, car elle sortit immédiatement de sa cachette.
– Qu'y a-t-il, mon étoile de mer?

Elle s'agenouilla près de sa protégée et mit son bras autour de son épaule.
– Je suis tellement triste, murmura Lily. Je me souviens à peine d'Ophélia et de Zingaro.
– Parfois, tu sais, c'est mieux d'oublier, répondit Ballanika, pensive.

Un jour, alors que Lily ramassait des coquillages au fond de l'océan, elle vit une forme indéfinissable émerger du sol.

Prise de curiosité, elle creusa dans le sable pour dégager l'objet qui avait la taille d'un étui à violon. Lily ne put en croire ses yeux. C'était sa boîte d'ébène!

D'un seul coup, toutes les images de son enfance remontèrent à sa mémoire. Lily était folle de joie. Grâce au vernis recouvrant le bois, la boîte était restée intacte. Seul l'emblème sur le couvercle avait disparu.

Quand Lily rejoignit Ballanika, celle-ci était occupée à enfiler des perles.
– Regarde ! Je l'ai retrouvée ! s'exclama-t-elle en brandissant la boîte d'ébène.
– C'est merveilleux ! s'écria la dame de nacre.

La jeune fille saisit avec fébrilité la clé qui pendait à son cou et s'empressa d'ouvrir le petit coffre. Des fioles de verre s'échappèrent aussitôt dans l'eau. Elle les attrapa juste avant qu'elles ne soient emportées par le courant. Au fond de la boîte, Lily reconnut les sachets d'herbes séchées que lui avait donnés Ophélia. À sa grande déception, ils étaient détrempés et leur contenu avait moisi.

En continuant à fouiller parmi ses trésors, Lily effleura un morceau de toile roulé. C'était le cadeau que Tanaga lui avait fait au moment où la montgolfière allait s'envoler.

« Pourvu que les dessins ne soient pas effacés », se dit-elle, en déroulant soigneusement la toile. Heureusement, même si elles étaient un peu délavées, les inscriptions avaient bien résisté à l'eau de mer.
– Qu'est-ce que c'est ? demanda Ballanika, intriguée.
– C'est une carte.

Lily lui lut quelques-uns des noms écrits à l'encre noire : Val-au-Renard, le chemin des Adieux, le sentier du Berger, Cap-sur-Mer. Elle s'apprêtait à lire le prénom que Tanaga avait inscrit dans un petit cœur, Alice, quand Ballanika agrippa son bras.
– Qu'y a-t-il ? s'étonna Lily.

La dame de nacre saisit la carte et la souleva devant ses yeux pour mieux l'examiner.
– Mais… je connais ces noms ! s'exclama-t-elle en suivant du doigt les lignes que Tanaga avaient tracées. Je connais ces endroits, je connais cette côte !

Elle répéta « le sentier du Berger » en fixant un point au loin, comme si elle cherchait quelque chose au fond de sa mémoire.
– Cap-sur-Mer ? Le chemin des Adieux ? Pourquoi ces noms me disent-ils quelque chose ? demanda-t-elle à haute voix.

Soudain, le visage de Ballanika s'illumina. Une étincelle de joie brilla dans ses yeux. Des souvenirs affluaient…
– J'ai passé tellement de temps loin de tout que j'ai fini par oublier des pans entiers de mon passé…
– Ah oui ? demanda Lily.
– Eh bien, tout ce qui se passe sur la terre ferme, en dehors de l'océan ! répondit Ballanika. Les fleurs qui poussent dans les champs, la neige qui recouvre le sol, le vent qui fait tourner les girouettes, le crépitement du feu, la saveur des cerises…

Lily commença elle aussi à se remémorer des choses oubliées : la rosée au lever du jour, le chant des grillons, le dessin délicat des toiles d'araignée…

Lily et Ballanika se regardèrent et sourirent. Elles étaient tout à coup très heureuses. Quel bonheur de partager des souvenirs !

Tour à tour, elles nommèrent des détails qui surgissaient dans leur tête : le parfum de la terre après la pluie, l'odeur des biscuits qui sortent du four, le ronronnement d'un chat…
– Je me souviens de l'odeur de mon bébé. De sa peau douce. Et de ses orteils et de ses petits doigts

si parfaits, déclara soudain Ballanika.
– Tu as un enfant ? demanda Lily, surprise.

La voix de son amie se brisa.
– Oui, j'ai eu un enfant…

CHAPITRE 6

Stupéfaite par cette révélation, Lily fixait Ballanika sans oser l'interroger davantage. La dame de nacre semblait bouleversée. Pendant un long moment, elle resta muette et immobile. Puis lentement, elle enroula la carte et la replaça dans la boîte.
– Celui qui a fabriqué ce coffre était un véritable artiste, dit-elle.

Elle effleura les entailles creusées dans le bois.
– Qu'est-ce que c'est ?

Lily se pencha. Pour la première fois, elle remarqua les inscriptions gravées sous le couvercle.
– « M.F. », lut-elle. On dirait des initiales.
– Quoi ? fit Ballanika, surprise. Mais d'où vient cette boîte ?
– Ophélia me l'a donnée le jour de mon dixième anniversaire.
– Se pourrait-il que… Non, ce n'est pas possible…, murmura Ballanika comme pour elle-même.

– Qu'y a-t-il ? demanda Lily.

Le visage de la dame de nacre se referma comme une huître. Lily se rapprocha d'elle. Toutes les deux restèrent ainsi un moment, sans dire un mot, plongées dans leurs pensées.

Puis, Ballanika rompit le silence :
– Lily, il est temps que je te parle de moi. Il y a des choses que j'ai voulu oublier jusqu'à maintenant, des choses qui font si mal que j'ai préféré les enfouir au fond de ma mémoire. Mais maintenant, tout me revient…

– J'ai été mariée, commença-t-elle. Mon mari s'appelait Constantin. Il était mon soleil. Lorsque nous étions ensemble, chaque instant, même le plus banal, se remplissait de joie. Dès que je l'apercevais, mon cœur bondissait. Peu de temps après notre mariage, nous avons eu un bébé. Une petite fille. Nous l'avons appelée Jazamina.

En prononçant ces derniers mots, Ballanika était devenue pâle comme une morte. Mais elle poursuivit :

–Nous vivions dans une modeste maison qui avait un toit en pente et une girouette en forme de dauphin. Nous étions très heureux.

La jeune femme regarda Lily tendrement.
–J'espère que... Jazamina va bien grandir et qu'elle sera aussi vive que toi.

Après un moment, elle reprit:
–Dans mon ancienne vie, j'étais couturière. Je confectionnais et réparais des vêtements. Constantin était pêcheur. Chaque matin, avant le lever du soleil, il montait dans sa chaloupe et partait en mer. Un soir, je remarquai que le ciel avait une couleur inhabituelle. Il était devenu rouge orangé, comme s'il était en feu. J'aperçus aussi un groupe d'oiseaux qui volait très bas au-dessus du sol. J'eus l'étrange pressentiment qu'une chose terrible allait arriver à mon mari. Jazamina était alors âgée d'à peine trois semaines.

La voix de Ballanika trembla d'émotion.
–Je fis part de mes craintes à Constantin et le priai de ne pas aller pêcher le lendemain matin. Il rit et me serra contre lui pour me réconforter. Je me souviens d'avoir eu beaucoup de mal à trouver le sommeil

cette nuit-là. Des rêves terribles me tourmentaient. À l'aube, j'accompagnai Constantin jusqu'au rivage en tenant notre bébé dans mes bras. Je le suppliai de ne pas partir.

Ballanika poussa un grand soupir.

– Lorsqu'il m'embrassa, juste avant d'embarquer, je pris le médaillon que je portais autour du cou et le glissai dans sa main. Je regardai mon amoureux s'éloigner à la rame. Avant de gagner le large, il se retourna et nous envoya un baiser, à Jazamina et à moi. La gorge nouée, je m'assis sur la plage et berçai ma fille pour me calmer. Puis je décidai de rentrer chez nous. En passant devant le lavoir du village où plusieurs femmes s'affairaient, je sentis le vent se lever.

– Une tempête était en train de se préparer, dit Lily sur un ton lugubre.

– Oui, répondit Ballanika. Quand j'arrivai à la maison, le vent avait redoublé de violence. Les volets claquaient bruyamment contre les fenêtres. La pluie se mit à tomber très fort. Ce fut la pire tempête qu'on avait connue dans la région depuis une éternité. J'attendis le retour de Constantin en m'occupant de mon petit trésor. J'espérais de tout mon cœur que mon mari revienne sain et sauf et je guettais fébrilement l'instant où il franchirait le pas de la porte.

Ballanika se tut. Lily était impatiente d'entendre la suite, mais elle n'osa pas l'interrompre de nouveau.
– Au bout de quelques heures, poursuivit la jeune femme, lorsque le vent et la pluie se calmèrent enfin, je déposai Jazamina dans son berceau et sortis. Sitôt dehors, je vis une étrange apparition : perché sur notre portillon, un énorme corbeau me fixait droit dans les yeux. Il avait un regard sinistre. Je sus à cet instant que Constantin ne reviendrait pas.

La dame de nacre se tordit les mains. Son visage était déformé par l'angoisse.
– Je laissai Jazamina seule à la maison et courus jusqu'au rivage, reprit-elle. Les vagues se brisaient à mes pieds tandis que je scrutais l'horizon. La tempête avait perdu de son intensité mais la mer était encore très agitée. Je tombai à genoux en poussant un long hurlement. Je frappai le sable de mes poings. J'implorai la mer de me rendre mon mari.

Suspendue aux lèvres de Ballanika, Lily vit que les yeux de son amie étaient emplis de tristesse. Elle comprit à quel point c'était douloureux pour la dame de nacre d'évoquer ces moments tragiques.

Mais la jeune femme était déterminée à lui raconter son histoire jusqu'au bout :
– Le meilleur ami de Constantin s'appelait Manuel, dit-elle. Ce n'était pas un ami ordinaire et, d'ailleurs, il n'avait rien d'un homme ordinaire !
– Que veux-tu dire ? demanda Lily.
– Manuel ressemblait à un géant, expliqua Ballanika. Il était deux fois plus grand qu'un homme normal. Et il avait une telle force que lorsqu'il marchait, la terre tremblait sous ses pieds. Il travaillait comme charpentier et vivait dans les montagnes, au-delà du sentier du Berger.
– Le sentier du Berger ? répéta Lily. Comme sur ma carte ?
– Oui, confirma Ballanika. Comme sur ta carte.

Lily était étonnée par cette coïncidence. Mais ce que Ballanika lui raconta ensuite allait la surprendre encore bien davantage…

CHAPITRE 7

Le jour de la grosse tempête qui avait tant effrayé Ballanika, Manuel travaillait dans le village de Cap-sur-Mer. Son amie ne sut pas par quel miracle il vint à son secours. Il avait dû sentir son désespoir ou entendre ses plaintes.

Lorsqu'il arriva près de Ballanika, elle n'avait plus tous ses esprits. Elle lui dit :
– C'est Constantin… là-bas… au large… dans la tempête.
– Ne t'en fais pas, je vais le retrouver, répondit simplement Manuel.

Et il grimpa aussitôt à bord d'une grande chaloupe qui flottait près du rivage.
– Emmène-moi avec toi ! le supplia Ballanika.
– Non, la mer est trop mauvaise. Va plutôt retrouver Jazamina ! lui lança-t-il en s'éloignant.

Mais la jeune femme était incapable de quitter

l'endroit où Constantin avait disparu. Elle attendit là, sur la plage, priant pour que Manuel retrouve son mari et qu'il le lui ramène. Hélas, quand sa chaloupe réapparut au loin, il n'y avait qu'une seule silhouette à bord. Celle du géant. Terrifiée, Ballanika comprit que l'amour de sa vie avait sombré dans l'océan et qu'elle n'allait plus jamais le revoir.

« Mais, pensa alors la jeune femme, je connais quelqu'un qui pourrait m'aider. » Il fallait qu'elle le trouve immédiatement. Pendant que Manuel tirait l'embarcation sur le rivage, elle gravit la dune à toute vitesse. Son ami devina ses intentions.
– Ne va pas le voir ! cria-t-il. Tu le regretteras. Reviens !
– Il le faut ! Prends soin de Jazamina, lui répondit-elle sans se retourner.

Ballanika avait continué à courir droit devant elle, malgré les appels répétés de Manuel. De l'autre côté de la dune, il y avait un étroit chemin dissimulé dans les hautes herbes. Il menait vers un endroit où personne n'aimait s'aventurer, mais où se trouvait celui qui pouvait l'aider…

Elle avait à peine posé un pied sur le chemin que la voix lointaine de Manuel lui parvint une dernière

fois, portée par le vent. Il criait :
– Ne lui parle pas du bébé !

Ah ! si seulement Ballanika avait écouté les avertissements de Manuel ! Mais non, elle suivit son idée et alla voir cet homme qu'on appelait le Sorcier. Il était diabolique, et Ballanika le savait. Tout le monde le savait ! Mais il avait des pouvoirs extraordinaires. « Lui seul sera capable d'exaucer mon vœu », se disait la jeune femme en poursuivant sa course effrénée.

Le Sorcier habitait une vaste maison décrépite, à plusieurs lieues de Cap-sur-Mer. Les villageois évitaient de s'approcher de cette demeure. On disait que le Sorcier s'attaquait aux personnes vulnérables, comme seul le diable peut le faire. Quelques enfants avaient erré trop près de chez lui, probablement pour prouver leur bravoure. On ne les avait jamais revus.

Mais Ballanika ne voulait pas penser à tout cela. Écartant les branches qui entravaient son chemin, se faufilant entre les ronces qui s'agrippaient à ses cheveux et à ses vêtements, elle se rapprochait de sa destination.

Son cœur battait la chamade et ses poumons étaient en feu. L'immense portail en fer forgé de la propriété apparut enfin. Ballanika pria pour qu'il ne soit pas fermé. Elle prit une inspiration avant de le pousser. Il s'entrebâilla avec un grincement sinistre. La jeune femme traversa le parc envahi par les mauvaises herbes.

Lorsqu'elle arriva enfin devant la porte de la demeure, celle-ci s'ouvrit avant même qu'elle ait eu le temps de frapper. On aurait dit que le Sorcier l'attendait...

Quand elle le vit s'avancer vers elle, sa cape traînant sur le perron usé, elle recula de quelques pas. Il avait les épaules tombantes et le dos voûté. Son sourire narquois laissait entrevoir des dents répugnantes. Il planta ses yeux verts dans ceux de Ballanika et murmura :
– Je savais que tu viendrais...

Un gargouillement dégoûtant monta du fond de sa gorge. Il se rapprocha de la jeune femme. Son haleine fétide lui souleva le cœur.

Elle le supplia :
– Aidez-moi !

– Eh bien, Ballanika, maintenant que tu as besoin de moi, tu ne me trouves plus aussi repoussant qu'autrefois ? demanda-t-il.

Les jambes de Ballanika tremblaient.
– Je vous en prie ! Il faut sauver mon mari. Il a disparu en mer. Je ferai n'importe quoi pour que vous me le rameniez !
– Ah oui, vraiment ? dit le Sorcier en se rapprochant encore davantage.

Ballanika ne put réprimer une grimace.
– Je te dégoûte, n'est-ce pas ? fit-il en la repoussant brutalement.

Ballanika tomba par terre et se releva aussitôt.
– Tu devras payer cher pour obtenir une faveur de moi, grinça son tortionnaire.

Les traits déformés par la méchanceté, le Sorcier éclata d'un rire diabolique qui glaça la jeune femme jusqu'au sang.

CHAPITRE 8

Surmontant sa frayeur, Ballanika s'agenouilla et prit les mains crasseuses de l'homme entre les siennes.
– Je n'ai rien à offrir, vous le savez bien ! lui dit-elle.

Le Sorcier enfonça ses ongles dans les paumes de Ballanika.
– Ayez pitié de moi, s'il vous plaît… Ayez pitié de mon enfant, gémit-elle.

Il la relâcha et répéta :
– Un enfant ?

Se rappelant alors le conseil de Manuel, Ballanika baissa les yeux, embarrassée d'en avoir trop dit.
– Est-ce une fille ou un garçon ? demanda aussitôt l'odieux personnage.

Ballanika hésita. Il agrippa son épaule fermement.
– Veux-tu que je t'aide, oui ou non ?

Il planta alors ses ongles profondément dans sa chair. Elle sentit une goutte de sang glisser le long de son dos.

La jeune femme était à sa merci. Alors elle avoua :
– C'est une fille.
– Quel âge a-t-elle ?
– Trois semaines.
– C'est si triste, une enfant sans père, dit le Sorcier en passant ses doigts sales dans ses cheveux. Je me demande ce qui est le plus terrible : une enfant sans son père ou un père sans son enfant… Qu'en penses-tu ?

Ballanika ravala ses larmes.
– Qu'en penses-tu ? cria-t-il. Réponds-moi ! Est-ce pire d'être une fille sans père ou d'être un père sans fille ?
– Je ne sais pas, soupira la jeune femme en tremblant.
– Si, tu le sais ! lança-t-il.

Ballanika se mit à pleurer.
– Et moi aussi, je le sais, ajouta le Sorcier.

Ballanika pleura de plus belle.
– Comment s'appelle ta petite fille ? demanda l'homme.

La jeune mère ne voulait pas le lui révéler. Elle en avait déjà trop dit. Le Sorcier gronda :
– Écoute-moi bien, ma chère Ballanika, si tu veux revoir ton mari, tu dois me dire le nom de ton enfant.
– C'est… C'est…
– Allez, quel est son nom ?
– Jazamina.
– Comme c'est joli ! Et toi, tu as osé laisser ce bébé sans défense tout seul à la maison ? Eh bien, voilà une chose qu'une bonne mère ne ferait jamais ! lança le Sorcier, méprisant.

Ballanika avait honte de ce qu'elle avait fait, mais elle ne voulait pas le lui montrer. Elle dit que Manuel devait veiller sur sa fille. Tout à coup, elle vit un sourire singulier s'esquisser sur le visage du Sorcier. Mais elle était si désespérée qu'il lui sembla y voir de la bonté, et peut-être même de la compassion.

En effet, après un temps, l'horrible personnage reprit doucement :
– Je ne devrais pas te juger aussi sévèrement. Tu as subi un choc terrible. Je vais t'aider, Ballanika. Je te promets que ta petite Jazamina grandira avec un père !

La jeune femme n'en croyait pas ses oreilles. Elle s'exclama:
– C'est donc vrai, vous allez m'aider? Oh, merci! Merci!

Elle lui embrassa les mains.

Il l'invita alors à le suivre à l'intérieur de sa demeure.
– Attends-moi ici un instant, dit-il en refermant la porte derrière eux.

Le Sorcier disparut dans l'escalier en marbre qui montait aux étages. Ballanika, elle, patienta dans le sombre vestibule.

Bientôt, il revint et lui tendit une pochette de cuir et deux petits cailloux. Il lui jura que si elle faisait exactement ce qu'il lui demandait, non seulement elle reverrait Constantin, mais ils ne seraient plus jamais séparés.
– Et pour y parvenir, tu auras besoin de l'aide de ton ami Manuel, ajouta-t-il, une étrange lueur dans les yeux.

CHAPITRE 9

Ballanika aurait dû se méfier de ce regard diabolique, mais elle était aveuglée par l'espoir de retrouver son mari. Elle retourna chez elle aussi vite qu'elle le put. Enfin, elle distingua les premières maisons du village et, dépassant des toits, la girouette en forme de dauphin.

Manuel se tenait droit devant la porte, pareil à une sentinelle. Il veillait sur Jazamina qui dormait à l'intérieur.

– Vite, Manuel ! Viens avec moi ! lança Ballanika en passant rapidement devant lui.

Sans poser de questions, il la suivit, faisant trembler la terre à chacun de ses pas de géant. Convaincue qu'elle n'avait pas une minute à perdre si elle voulait revoir Constantin, Ballanika s'éloigna sans embrasser sa petite fille pour lui dire au revoir.

Lorsqu'ils atteignirent le rivage, Ballanika monta

dans la grande chaloupe et demanda à Manuel de l'emmener le plus loin possible, comme le lui avait ordonné le Sorcier.
– Non ! rétorqua le géant. La mer est encore trop dangereuse !

Ballanika le supplia en lui montrant la pochette que lui avait remise le Sorcier :
– Avec ça, je peux sauver Constantin. Mais il faut que je le retrouve au plus vite.
– C'est de la folie ! Tu vas te noyer !

La jeune femme ouvrit alors la paume de sa main dans laquelle luisaient les deux petits cailloux.
– Regarde, Manuel, ils sont magiques, lui dit-elle. Ils me permettront de respirer sous l'eau.
– Donne-les-moi. J'irai à ta place, insista son ami. Tu dois rester ici avec Jazamina.
– Non ! Le Sorcier a dit que c'est moi qui devais aller le chercher. Moi seule !

Manuel se méfiait du Sorcier, mais il était déterminé à tenter le tout pour le tout pour sauver son meilleur ami. Il accepta finalement d'emmener Ballanika au large.

❁

La plage ne formait plus qu'une mince ligne à l'horizon. Le ciel charriait d'énormes nuages gris qui ne semblaient pas vouloir s'éloigner. L'après-midi n'était pas encore terminé mais on aurait dit que la nuit allait bientôt tomber.

Manuel ramait de ses bras puissants, entraînant la barque vers le large. Bien que la tempête se soit calmée, le courant était terriblement fort. La robe verte de Ballanika avait été presque entièrement mouillée par les embruns. Une brise marine glaciale soufflait, ridant la surface de la mer, mais la jeune femme semblait insensible au froid.

Penchée au-dessus du rebord de la vieille chaloupe, elle scrutait l'eau sombre dans l'espoir d'apercevoir Constantin. Depuis qu'ils avaient quitté le rivage, Ballanika et Manuel n'avaient pas échangé une parole.

Soudain, le géant ralentit la cadence. Il avait l'air très soucieux. Il confia à son amie qu'il avait un mauvais pressentiment.
– Manuel, tout va bien se passer, le rassura-t-elle. Le Sorcier a eu pitié de moi ! Il n'a rien fait de mal.

– Il est rusé. On ne peut pas lui faire confiance, affirma Manuel.

Le bruit des vagues était si fort qu'il fallait crier pour se faire entendre.
– Je t'assure que j'ai vu de la bonté dans ses yeux. Il souhaite le bien de Jazamina, répliqua Ballanika.

Manuel s'arrêta de ramer.
– Quoi ? Tu lui as dit que tu avais un bébé ? hurla-t-il.
– Oui, avoua son amie.

Elle lui en voulait de douter de son jugement et poursuivit :
– Crois-moi, j'ai vu de la gentillesse en lui. Il a promis que Jazamina grandirait avec un père !
– Mais enfin, ne comprends-tu pas qu'il t'a bernée ? Ta fille grandira peut-être avec un père, mais ce ne sera pas Constantin... Pendant que tu es ici, en pleine mer, le Sorcier va profiter de ce que Jazamina est seule à la maison pour aller l'enlever ! Tu sais bien que c'est le diable en personne !

Le géant était si fâché que Ballanika eut peur qu'il ne l'empêche de réaliser son plan. Elle se leva dans la chaloupe :

– Tu as tort, Manuel ! Je vais ramener Constantin. Tu verras !
– Tu es trop naïve, cria-t-il en allongeant le bras pour la faire rasseoir.

Mais, avant qu'il ait pu l'attraper, elle plaça un caillou sur sa langue et plongea.

CHAPITRE 10

À ce point du récit, Ballanika s'interrompit. Elle soupira, le regard lourd de regrets.

Puis elle reprit le fil de son histoire, encouragée par Lily qui était fascinée par tout ce qu'elle venait d'apprendre.

– Le caillou magique me permettait de respirer sous l'eau. Au moins, sur ce point, le Sorcier avait dit vrai, dit-elle. Remplie d'espoir, je nageai sur une longue distance. Enfin, j'aperçus Constantin. Son corps inanimé flottait au gré des eaux et sa peau était pâle et blafarde. Vite, je déposai le deuxième petit caillou à l'intérieur de sa bouche. Mais rien n'y fit.

– Oh ! mon Dieu ! s'exclama Lily.

– Mon mari était mort, reprit Ballanika, la voix brisée par le chagrin. J'étais anéantie. Soudain, un frisson d'horreur me parcourut. Le Sorcier m'avait bien promis que je reverrais Constantin et que nous ne serions plus jamais séparés. Mais il n'avait pas précisé que son sortilège ne ressusciterait pas mon mari.

Ballanika tourna son visage défait vers Lily. Elle se remit à parler :

– J'ignore combien de temps je suis restée là, serrant le corps de mon bien-aimé contre moi. La tristesse me consumait. Mais, peu à peu, une pensée s'insinua dans mon esprit... Si le Sorcier m'avait effectivement dupée, alors cela signifiait que ma fille était en réel danger. Je lâchai Constantin et nageai à toute vitesse pour remonter à l'air libre...

– ... malheureusement, la surface de la mer s'était transformée en glace, termina la jeune gitane en soupirant.

Ballanika secoua lentement la tête. Tout comme sa compagne, elle avait essayé de casser la glace avec l'énergie du désespoir.

Mais elle avait dû se rendre à l'évidence : elle était enfermée sous l'eau.

– Je me souvins que le Sorcier m'avait remis une pochette, poursuivit la dame de nacre. « À l'intérieur, tu trouveras la potion qui te ramènera sur la terre ferme », avait-il affirmé. J'ouvris la pochette. Elle contenait une fiole remplie d'une substance granuleuse et une note écrite sur un morceau de tissu. La note indiquait qu'il fallait ajouter un ingrédient

dans la potion pour qu'elle fasse effet.
– Quel ingrédient ? demanda Lily, intriguée.
– Évidemment, ce terrible sorcier ne l'avait pas spécifié, répondit Ballanika sur un ton amer. Du moins, pas clairement. Car, en bas de la note, il y avait aussi une énigme. Toutefois, j'eus à peine le temps de la lire que le morceau de tissu se désintégra entre mes doigts…
– Oh non ! s'écria Lily, déçue.
– Rassure-toi… Même si cela ne m'a jamais permis de quitter ma prison, j'avais eu le temps de lire l'énigme et de la mémoriser.

Ballanika se mit à réciter :

« *Pour sortir de la mer et retourner à la terre,*
la glace ne se rompra ni avec les grains ni avec la colère.
L'ingrédient manquant, de la tête d'un enfant vous le prendrez.
Et le soleil, tous deux, vous reverrez. »

– Qu'est-ce que cela peut bien vouloir dire ? demanda la jeune fille, intriguée.
– Crois-moi, Lily, j'ai essayé de comprendre. Malheureusement, je n'y suis pas parvenue. J'aurais tant

aimé pouvoir regagner le rivage. Brusquement, alors que le tissu finissait de se désagréger entre mes doigts, toute la vérité me sauta aux yeux. Le Sorcier m'avait tendu un piège pour m'éloigner de Jazamina. Manuel avait raison depuis le début. L'ignoble personnage me ferait payer très cher le service qu'il avait prétendu vouloir me rendre. Il allait voler mon bébé. Prisonnière de l'océan, je me suis sentie si impuissante que j'ai cru mourir de chagrin. Je priai pour que Manuel ait pu arriver au berceau de Jazamina avant le Sorcier !

Lily imagina l'homme en train d'enlever le bébé dans la maison déserte... C'était une proie si facile. À cette pensée, elle tira nerveusement la manche de sa chemise de nuit.

– J'ai voulu oublier tout ça, soupira Ballanika, mais c'est impossible. Cette histoire me hante. Je me demanderai toujours si mon ami a réussi à sauver mon enfant ou non.

Après ces longues confidences, la dame de nacre semblait épuisée. Lily comprit qu'elle avait besoin de se raccrocher à un espoir. Alors la jeune gitane se rappela ce qu'Ophélia lui avait si bien enseigné. Elle prit la main gauche de la jeune femme et étudia les lignes de sa paume.

La ligne de cœur était longue et profonde, mais elle était brisée en plusieurs endroits. Une cassure particulièrement évidente se situait au début de la ligne, là où celle-ci représentait l'enfance de Ballanika.
– Qu'est-ce que tu regardes ? demanda la jeune femme.
– Ton destin, répondit Lily.

Elle passa son doigt sur la ligne de vie de Ballanika. Elle n'en avait jamais vu de semblable auparavant. La ligne était courte et se terminait par une drôle de fourche qui laissait présager une deuxième vie ou une longue vieillesse.

En examinant la paume de plus près, Lily discerna ce qu'elle espérait y voir. Un sourire éclaira alors son visage.

CHAPITRE 11

– Ta route croisera de nouveau celle de Jazamina ! annonça Lily, enthousiaste.
– Comment le sais-tu ? demanda Ballanika, une étincelle dans les yeux.
– C'est écrit dans les lignes de ta main, dit fièrement la diseuse de bonne aventure.
– Et… peux-tu voir aussi si Manuel est arrivé à son berceau avant le Sorcier ?
– Non, je ne le vois pas, répondit Lily, mais je t'assure que ta fille et toi, vous serez réunies à nouveau.

Le visage de Ballanika s'éclaira puis s'assombrit aussitôt. Cette nouvelle semblait l'inquiéter.
– Qu'y a-t-il ? demanda Lily.
– Jazamina est si jeune. Elle ne me reconnaîtra pas. Et…
– Et quoi ? dit sa compagne pour l'encourager.
– Comment pourrait-elle m'aimer alors que je l'ai abandonnée ? murmura la dame de nacre. Elle me détestera.

Lily la rassura :
– Je suis certaine que non. Comment pourrait-elle te détester ?

Ballanika serra la jeune gitane très fort dans ses bras.
– Merci, Lily. Tu me donnes tellement d'espoir.

Après un silence, elle poursuivit :
– Sais-tu ce que j'ai fait après avoir compris que je ne retournerais jamais chez moi ?

Lily fit non de la tête.
– J'ai erré longtemps sous l'eau, tenant mon amour mort dans mes bras. Puis, j'ai rencontré des dauphins. En les voyant, j'ai pensé à la girouette qui décorait le toit de notre maison. Je me suis dit que cela devait être un signe. Je les ai suivis et ils m'ont guidée vers cette grotte. J'ai décidé que c'était là que j'abriterais mon chagrin… J'ai alors senti que mon âme s'apaisait enfin.

Ballanika tourna son regard en direction de la magnifique porte incrustée de nacre.
– Plus tard, j'ai retrouvé la barque de Constantin échouée au fond de l'océan. Une à une, j'ai arraché

les planches de bois qui formaient la coque et j'ai fabriqué cette porte. Ensuite, j'ai ramassé des perles, du corail et des coquillages, et je l'ai décorée.

La jeune femme prit la main de Lily.
– Viens, suis-moi !

☸

Ballanika ouvrit doucement la porte. Les deux compagnes pénétrèrent à l'intérieur d'une petite pièce. Le sable se souleva légèrement dans leur sillage, et des poissons argentés se sauvèrent à vive allure. Les murs étaient ornés de coquillages roses et blancs qui scintillaient.
– Constantin ! murmura Lily, stupéfaite, en voyant l'homme étendu sur un lit de perles grises.

Son visage était jeune et beau. Ses mains robustes étaient croisées sur sa poitrine. Entortillée autour de ses doigts brillait une chaînette à laquelle était attaché un médaillon.

Ballanika s'agenouilla à côté de son défunt mari.
– Le caillou du Sorcier n'a pas redonné la vie à Constantin, dit-elle, mais il lui a permis de garder

sa beauté à tout jamais. Ce qui est extraordinaire, c'est que ce sortilège agit encore, même si j'ai retiré la pierre…
– Comment ? s'écria Lily.
– Le jour où je t'ai recueillie, je t'ai donné le caillou de Constantin pour que tu survives. Je n'avais pas une seconde à perdre. Tu allais mourir, murmura la dame de nacre.

Émue, Lily se rappela alors ce que lui avait prédit Ophélia le soir de son dixième anniversaire : « Tu rencontreras une femme très triste… » Cette femme ne pouvait être que Ballanika.

La jeune gitane se sentit soudain confiante et optimiste, car elle réalisa que sa destinée s'accomplissait comme prévu. La vie avait encore beaucoup d'autres choses à lui offrir. « Il y a sûrement un moyen de sortir d'ici, pensa-t-elle, et je vais le trouver ! »

CHAPITRE 12

Lily savait qu'il n'y avait qu'une solution pour quitter leur prison aquatique : il fallait résoudre l'énigme du Sorcier.

« *Pour sortir de la mer et retourner à la terre,*
la glace ne se rompra ni avec les grains ni avec la colère.
L'ingrédient manquant, de la tête d'un enfant vous le prendrez.
Et le soleil, tous deux, vous reverrez. »

Assise sur le lit de perles blanches, près de Ballanika qui polissait un morceau de corail, Lily réfléchissait intensément. Elle récitait les vers à voix basse, essayant de percer leur mystère.

Pourquoi le Sorcier avait-il écrit que l'ingrédient manquant se trouvait dans la tête d'un enfant ? S'agissait-il d'une chose que seul un enfant pouvait connaître ? Les paroles d'une comptine, par exemple ?

Que pouvait-il bien y avoir dans la tête d'un enfant qui puisse servir d'ingrédient dans une potion ? À moins qu'il ne s'agisse d'une chose se trouvant sur la tête d'un enfant. Un chapeau ?

Perdue dans ses pensées, Lily entortillait machinalement des boucles de cheveux autour de son index.

La réponse lui vint comme un éclair.
– Ça y est, j'ai trouvé ! s'exclama-t-elle.
– Quoi donc ? demanda Ballanika.
– La clé de l'énigme !

Ballanika laissa tomber son morceau de corail et fixa Lily avec étonnement. Elle lui demanda :
– Alors ? Qu'est-ce que c'est ?
– D'après toi, quel ingrédient pourrait être pris de la tête d'un enfant ?
– Je n'en ai aucune idée, répondit Ballanika, impatiente d'en savoir plus. Vite, dis-le-moi !
– Des cheveux !
– Mais oui, tu as raison ! Comment n'y ai-je pas pensé plus tôt ? Tu es formidable, Lily !

Elle attrapa les mains de la jeune fille et la fit virevolter autour d'elle. La méchanceté diabolique du

Sorcier était sans limites. Car, même si Ballanika était parvenue à résoudre l'énigme avant l'arrivée de Lily, elle n'aurait jamais pu compléter la potion.

Heureusement, l'ignoble personnage ne pouvait pas prévoir que Lily tomberait un jour du ciel et viendrait rompre la solitude de sa prisonnière au fond des mers, lui fournissant du même coup l'ingrédient qui lui manquait.
– Tu es mon ange, dit Ballanika. Mais ne nous emballons pas trop vite. Peut-être que la potion ne fonctionnera pas.
– Bien sûr qu'elle fonctionnera ! Je sais que nous sortirons de là, puisque j'ai lu dans les lignes de ta main que tu retrouverais ta fille, rétorqua la jeune gitane avec entrain.

La jeune femme sourit.
– Tu es si joyeuse, Lily ! J'aurais tellement voulu que Constantin te connaisse. Il t'aurait adorée, lui aussi !

Ballanika devait maintenant dire adieu à son mari. Elle entra seule dans la pièce tapissée de coquillages. Par la porte entrouverte, Lily la regarda s'agenouiller à côté de son époux, caresser une dernière fois son front, puis reprendre le médaillon qu'il tenait entre ses mains pour l'enfiler à son propre cou. Elle lui donna ensuite un doux baiser sur les lèvres.

Constantin reposait dans un sommeil éternel, sur son magnifique lit de perles grises, sa chevelure flamboyante brillant dans la lumière comme la crinière d'un lion.

Ballanika alla chercher la potion du Sorcier qu'elle avait cachée dans une cavité de la grotte. Le flacon contenait une substance noire et granuleuse. À l'aide d'un morceau de coquillage tranchant, la dame de nacre coupa une boucle de cheveux de Lily. Elle ôta le bouchon de liège qui scellait la fiole, y déposa ce précieux ingrédient et la referma. Elle secoua vigoureusement le flacon, à quelques reprises.

À l'intérieur, la mèche se désagrégea peu à peu, tandis qu'un minuscule nuage de fumée apparaissait. Il ne restait maintenant qu'une poudre très fine, qui avait exactement la teinte des cheveux de Lily. La potion était prête !

La jeune gitane tendit la main et Ballanika en déposa la moitié au creux de sa paume. Dès qu'elle l'eut avalée, Lily sentit ses membres s'engourdir.
– Maintenant, couche-toi et dors, lui dit doucement Ballanika.

Lily s'étendit sur le lit de perles blanches. Elle prit sa boîte d'ébène sous son bras, ferma les yeux et tomba dans un sommeil de plomb.

Elle fit alors un rêve étrange… Constantin et Ballanika s'enlaçaient tendrement sous l'eau, enveloppés dans le châle d'Ophélia, que Lily n'avait jamais retrouvé. Ils tenaient leur petite fille dans leurs bras. Quant à Lily, elle tressait les franges du châle. Mais, au moment où elle terminait la dernière tresse, elle vit le bébé flotter hors des bras de ses parents et être emporté par le courant. En s'éloignant, Jazamina tendit ses mains minuscules vers Lily.

CHAPITRE 13

Quand la jeune gitane se réveilla, elle était allongée sur une plage. Sa chemise de nuit était toute mouillée. La clarté du ciel l'aveugla. Le soleil venait de se lever. Elle s'assit et prit une grande respiration.

Des bécasseaux couraient sur le rivage. Des goélands volaient au-dessus des vagues. Ballanika dormait à quelques pas d'elle, un bras replié derrière la tête. Ballottée par le ressac, la boîte d'ébène allait et venait sur le sable mouillé.

« Je suis libre ! se dit Lily. Libre ! »

Folle de joie, la jeune fille se leva. Elle enjamba les vagues et attrapa sa boîte. Quand elle l'ouvrit, une bonne quantité d'eau s'en échappa. Tout était trempé à l'intérieur : les fioles, la carte de Tanaga, la boucle d'oreille de Skate… Lily déposa ses trésors sur le sable pour les faire sécher.

Soudain, elle sentit quelque chose glisser sur sa langue. C'était le petit caillou. Elle le saisit entre ses doigts. Il lui sembla qu'il jetait un rayon rougeâtre puis il s'éteignit, devenant noir et opaque. Comme c'était étrange ! La jeune gitane s'apprêta à le lancer dans la mer, puis se ravisa. Finalement, elle décida de le garder.

À son tour, Ballanika ouvrit les yeux et souleva la tête. Une brise fraîche caressait son visage. Elle n'avait pas senti le vent depuis si longtemps... Elle trouva la sensation agréable et resta un moment sans bouger.

Ses cheveux flottaient dans les airs. Elle ne s'aperçut pas que quelques mèches grises striaient sa chevelure châtaine. Lily n'y prit pas garde non plus.

Elles échangèrent un large sourire, heureuses d'être en vie.
– On a réussi ! On est de retour sur la terre ferme ! s'exclama Lily, triomphante.
– Tu avais raison, ma petite perle ! dit Ballanika.

La dame de nacre scruta longuement l'horizon. Son regard était grave, mais son visage demeurait serein. Lily savait qu'elle pensait à Constantin.

Ballanika prit une poignée de sable dans sa main puis le laissa couler entre ses doigts.
– Nous sommes sur la plage où je l'ai vu en vie pour la dernière fois, murmura-t-elle.

Lily contempla elle aussi le vaste océan où elle avait cru rester prisonnière à tout jamais. Puis elle ramassa ses objets, maintenant secs, sur le sable et les replaça dans la boîte d'ébène, prenant soin d'y ajouter le caillou qui lui avait sauvé la vie.

Ballanika lui sourit. À son tour, elle attrapa son caillou magique sur sa langue et le glissa dans une poche de sa robe. Puis elle se leva, le regard décidé. Elle tourna le dos aux vagues et désigna la dune qui ondulait derrière la plage :
– Viens, Lily ! dit-elle. C'est par là !

Les deux compagnes gravirent la dune en silence. Réchauffé par les premiers rayons du soleil, le sable était tiède sous leurs pieds. Arrivées au sommet, elles aperçurent le village. « Cap-sur-Mer », dit Ballanika d'une voix tremblante.

Elles se frayèrent un chemin entre les hautes herbes et passèrent devant une rangée de vieilles cabanes de pêcheurs. Des filets étaient accrochés ici et là. Elles croisèrent un homme qui réparait un bateau aux couleurs vives. Il souleva sa casquette pour les saluer. Elles lui sourirent poliment.
– Est-ce que tu le connais ? demanda Lily.
– Non, répondit Ballanika.

Elles empruntèrent ensuite un sentier de terre battue. Quatre femmes étaient en train de tordre des draps au lavoir. Elles dévisagèrent les deux amies.
– Et elles, tu les reconnais ? demanda encore Lily.
– Non !

Étrangement, à mesure qu'elles s'approchaient du village, Ballanika semblait de plus en plus désorientée. Les choses n'étaient plus tout à fait comme avant, et elle ne reconnaissait personne. Elle se sentait perdue…

Lily tenta alors de repérer autour d'elle des détails que Ballanika avait mentionnés lorsqu'elle lui avait décrit Cap-sur-Mer.
– Là ! Regarde ! s'écria la jeune fille en désignant quelque chose qui dépassait des toits.

Ballanika plissa les yeux pour mieux voir et aperçut une girouette. C'était un dauphin qui tournait doucement au vent.
– Tu as trouvé, Lily ! C'est chez moi ! s'exclama Ballanika en pressant le pas.

Mais quand elles arrivèrent devant la maison recouverte de bardeaux blancs, Ballanika s'arrêta net.
– Qu'est-ce qui ne va pas ? fit Lily.
– Ma maison était verte, murmura son amie.

Au même moment, la porte s'ouvrit.

❁ DEUXIÈME PARTIE ❁

Le géant

L'amour d'une mère remonte
des profondeurs de l'océan.
Proverbe russe

CHAPITRE 1

– Vous désirez ? demanda l'homme qui se tenait devant elles. Il était trapu et portait une salopette.

Une voix féminine se fit entendre à l'intérieur de la maison :
– Qui est-ce, Auguste ?
– Je ne sais pas, Audrey ! répondit-il en souriant largement aux deux visiteuses.

Une grande femme apparut dans l'embrasure, en train de s'essuyer les mains sur son tablier. Des mèches frisottées s'échappaient du fichu coloré qui encadrait son visage avenant. Ses yeux rieurs prirent une expression vraiment étonnée quand ils se posèrent sur Ballanika et Lily.

La jeune gitane réalisa qu'elle se trouvait devant des inconnus en chemise de nuit, sale et humide de surcroît. Elle se lissa nerveusement les cheveux puis les plaça derrière ses oreilles.

– Excusez-nous de vous déranger, dit-elle. Nous nous…

Mais elle n'eut pas le temps de finir sa phrase, car Audrey s'exclama :
– Mais entrez, voyons ! Ne restez pas là ! Vous êtes trempées jusqu'aux os !

À l'intérieur, un garçon et une jeune fille étaient assis à table. Ils se retournèrent pour dévisager les deux étrangères. Une délicieuse odeur de pain chaud montait de la cuisinière à bois.

Une sensation oubliée se réveilla chez Lily. Elle avait faim !
– Nous allions justement prendre le petit déjeuner. Est-ce que votre petite-fille et vous aimeriez vous joindre à nous ? demanda Audrey à Ballanika.

Lily fut très surprise de constater que leur hôtesse s'adressait à Ballanika comme si elle était sa grand-mère. Elle regarda son amie et remarqua alors que ses cheveux étaient devenus presque entièrement gris. Mais ce qui la frappa davantage encore, c'est que Ballanika avait perdu son joli teint nacré. Sa peau semblait s'être flétrie…

– Nous ne voudrions surtout pas vous importuner, dit Ballanika en baissant les yeux.

Elle se sentait terriblement mal à l'aise avec ses mains sales, sa robe mouillée, toute couverte de sel et de sable.
– Ne vous en faites pas. Nous allons vous prêter des vêtements secs, offrit Audrey.
– Ada, peux-tu t'en occuper, s'il te plaît ? demanda Auguste à sa fille.

Celle-ci avait le même sourire franc que son père. Elle se leva d'un bond.
– Suivez-moi ! dit-elle gentiment.

Ada les conduisit dans une petite pièce, juste à côté de la cuisine. Il y avait un broc rempli d'eau, une grande bassine et du savon.
– Attendez-moi une minute. Je vais aller chercher des serviettes, des vêtements propres et des sabots, proposa la jeune fille.

Elle revint aussitôt, les bras chargés.
– Venez nous rejoindre dès que vous serez prêtes !

❁

Lorsque Ballanika et Lily arrivèrent à table, des couverts les attendaient.
– Asseyez-vous, dit Audrey en leur tendant une assiette remplie d'une montagne de crêpes.
– Vous connaissez toute la famille ! s'exclama Auguste. Sauf ce chenapan, là-bas, dit-il en désignant son fils. Cornélius, dis bonjour à ces dames !

Cornélius avait déjà la bouche pleine. Il se contenta de faire un signe du menton pour les saluer.
– Je l'appelle mon petit diable ! confia Audrey en ébouriffant affectueusement les cheveux blonds du garçon.

Ballanika sourit et se présenta à son tour :
– Je suis Ballanika, et voici Lily.
– De quel coin de pays êtes-vous ? fit Auguste.

Lily se demanda ce que Ballanika allait bien pouvoir répondre. Leur dirait-elle qu'ils se trouvaient en fait dans SA maison ? Qu'elle avait passé un certain temps sous la mer à cause d'un mauvais sort jeté par un sorcier ? Ils ne la croiraient jamais...
– Oh, vous n'avez sûrement jamais entendu parler de cet endroit, dit Ballanika sur un ton hésitant.
– Vous me sous-estimez ! s'exclama Auguste en

bombant le torse. J'en ai vu, du pays, dans ma jeunesse !

Autour de la table, tous les regards se tournèrent vers Ballanika. Même Cornélius avait levé les yeux de son assiette et la fixait, attendant sa réponse. Pour gagner du temps, elle prit une énorme bouchée de crêpe et mâcha lentement. Il y eut un long silence embarrassant.

Lily s'essuya les lèvres avec sa serviette. Elle se souvint vaguement d'un nom que Tanaga avait un jour prononcé en lui lisant son atlas :
– Nous sommes de Malakou, dit la jeune gitane.
– Ma-la-kou, répéta Auguste, surpris. Ça ne me dit rien du tout ! Ce doit être loin, c'est sûr ! Comment êtes-vous donc arrivées ici ?
– Eh bien, nous étions sur notre bateau, il y a quelques jours, mentit Lily, et… euh… voilà, une terrible tempête s'est levée soudainement. Nous avons chaviré…

Ada et Cornélius écoutaient la jeune gitane, fascinés.
– Heureusement, nous avons réussi à nous accrocher à une planche qui flottait sur l'eau, ajouta la conteuse. Nous avons échoué sur le rivage, tout

près d'ici, de l'autre côté des dunes.
– Mon Dieu ! Vous avez dû dériver sur une distance incroyable ! s'exclama Ada.
– Oh là là ! Vous êtes drôlement braves ! ajouta Cornélius sur un ton admiratif.

Il essuya le rebord du pot de miel avec son doigt, qu'il lécha goulûment.
– Tu es effectivement une jeune fille bien courageuse, confirma sa mère.
– Quel âge as-tu ? demanda Ada.
– Dix ans, répondit Lily avant de prendre une bonne gorgée de lait.

Une petite moustache blanche se dessina sur sa lèvre supérieure.
– Dix ans ?! s'étonna Cornélius. C'est impossible. Moi, j'ai dix ans !
– Tu es très grande pour ton âge ! ajouta Audrey.

Lily examina le garçon assis à côté d'elle. En effet, elle avait au moins une tête de plus que lui.
– Je pensais que tu avais presque quinze ans comme moi, déclara Ada. Ce sont mes vêtements que tu portes…

Lily considéra sa jupe longue et sa chemise. Ces habits lui allaient parfaitement ! Décidément, il se passait quelque chose d'étrange. Non seulement Ballanika vieillissait à vue d'œil, mais elle-même avait grandi de façon surprenante.

Une fois le repas terminé, Lily aida Ada et Cornélius à débarrasser la table.

– Vous avez été très gentils, dit Ballanika. Nous ne voudrions pas abuser de votre hospitalité…

– Restez aussi longtemps que vous le voudrez ! lança Audrey. De toute façon, vous ne pouvez pas partir tout de suite, il faut d'abord laver vos vêtements. Je vais m'en occuper. Avec la brise qui souffle ce matin, ils sècheront très rapidement. En attendant, vous devriez en profiter pour vous reposer. Ada va vous prêter sa chambre…

Lily regarda sa compagne. Celle-ci semblait épuisée. Leur hôtesse avait raison : elles feraient mieux de s'étendre quelques heures.

Lily et Ballanika suivirent Ada jusqu'en haut de l'escalier, puis au bout de l'étroit corridor. La petite

chambre à coucher était accueillante. La fenêtre offrait une vue splendide sur une montagne recouverte de forêts. Au loin, on voyait des cimes enneigées. Au pied du grand lit, Lily remarqua un tapis ovale aux couleurs vives.
– Bonne sieste ! dit leur jeune hôtesse en souriant.

Elle referma la porte et Lily l'entendit descendre les marches.

Ballanika soupira, découragée :
– Nous sommes perdues. Je ne reconnais rien ni personne. Nous ne retrouverons jamais Jazamina ! Et puis, Lily, il faut que je t'avoue quelque chose. Mes forces m'abandonnent...
– Tu es très fatiguée, répondit la gitane pour la réconforter. Dors un peu. Ensuite, tu y verras plus clair.

Elle aida son amie à déplier le lourd édredon. Ce faisant, elle fit tomber un oreiller, découvrant une superbe tête de lit en bois. Deux grandes lettres entrelacées y étaient gravées.

CHAPITRE 2

– *B* et *C* ! lut Ballanika, stupéfaite. Comme Ballanika et Constantin ! C'est la tête de lit que Manuel nous avait fabriquée pour notre mariage ! Nous sommes bel et bien dans ma maison !

Ballanika plongea la main derrière la tête de lit. Elle tâtonna un instant puis s'exclama :
– C'est là ! Il avait gravé son nom à l'arrière.

Lily appuya sa joue contre le mur et jeta un coup d'œil. En effet, le nom de l'artisan était écrit en toutes lettres.
– « Manuel Forestier ». Forestier ? s'écria la jeune gitane.

Fébrile, elle saisit sa boîte d'ébène, qu'elle avait déposée sur la table de chevet.
– Regarde.

Elle souleva le couvercle et posa le doigt sur les ini-

tiales « M. F. », gravées dans le bois.
– Lily, sais-tu comment Ophélia a eu cette boîte ? demanda Ballanika.
– Elle m'a raconté qu'elle l'avait trouvée dans le massif de lys, à côté de moi, répondit la jeune gitane.

Ballanika ouvrit la bouche. Elle allait dire quelque chose, mais se ravisa. Son regard devint flou, comme si elle se retirait très loin dans ses pensées.

Lily remarqua que ses épaules s'étaient voûtées et que ses mains tremblaient légèrement. Prise de pitié pour son amie épuisée, Lily l'aida à s'allonger. Ballanika ne tarda pas à fermer les paupières.

Lorsque Ballanika fut endormie, Lily se dirigea vers la porte. Elle s'aperçut alors que la jupe qu'Ada lui avait prêtée ne tombait plus jusqu'au plancher, mais lui arrivait tout juste au-dessus des chevilles. Quant aux sabots qui lui avaient d'abord semblé un peu trop grands, ils commençaient à être trop serrés.

Un doute s'insinua dans son esprit. Se pouvait-il que, pendant qu'elle se trouvait au fond de l'océan avec Ballanika, le temps se soit arrêté pour elles ? Et que maintenant, il les rattrapait, et peut-être même s'accélérait ? Cela faisait sans doute partie du sort que le Sorcier avait jeté à Ballanika.

Pensive, Lily ouvrit la porte de la chambre et descendit l'escalier.

☸

Audrey pelait des pommes de terre dans la cuisine. Lily prit un couteau et s'assit près d'elle pour l'aider.
– Auguste est parti travailler et les enfants sont à l'école, dit Audrey. Est-ce que ta grand-mère s'est endormie ?

La jeune gitane fit signe que oui, tout en s'appliquant à éplucher une pomme de terre en ne faisant qu'un seul ruban.
– Votre maison est très confortable, remarqua-t-elle. Y habitez-vous depuis longtemps ?
– Pas vraiment ! Nous sommes arrivés au village alors que j'étais enceinte d'Ada. J'ai eu le coup de foudre pour cette maison, même si elle était en très mauvais état.

Audrey regarda autour d'elle en souriant. La voix

remplie de fierté, elle continua :
– Auguste l'a entièrement refaite, pour ainsi dire ! Il a repeint les bardeaux, construit de nouvelles chambres pour les enfants. Il faut dire qu'elle était abandonnée depuis un bon moment…
– Ah bon ? Et… vous n'avez jamais connu les gens qui habitaient ici avant ? demanda Lily en essayant de prendre un ton naturel pour cacher sa curiosité.
– Hélas, non ! soupira Audrey. Ils ont disparu il y a vingt-cinq ans. Un couple avec un bébé. Partis… comme ça ! ajouta-t-elle en claquant des doigts.

À ces mots, Lily laissa échapper son couteau.
– Ça ne va pas ? demanda Audrey.
– Si, la rassura Lily. Euh… il leur est arrivé malheur ?
– Ça, personne ne le sait. Mais les anciens du village prétendent qu'ils ont conclu un pacte avec un sorcier, le démon en personne, et que ça leur a causé beaucoup de tort.
– Un sorcier ?! s'exclama la jeune fille.
– Oh ! il ne faut pas croire toutes ces balivernes, dit Audrey en souriant.

D'un mouvement preste, elle coupa les pommes de terre en cubes. Puis elle reprit :
– Moi, j'ai toujours pensé qu'on avait inventé cette

histoire de sorcier pour que les enfants ne s'éloignent pas trop de leur maison. Mais Auguste a beau raconter à Cornélius que le sorcier enlevait des enfants, ça n'empêche pas mon petit diable de courir partout !

La femme éclata d'un grand rire, ses frisettes voletant autour de son visage enjoué. Elle se leva :
– Allez, Lily, il y a assez de pommes de terre pour nourrir un régiment ! Viens avec moi, tes vêtements doivent être secs.

La jeune gitane la suivit dehors. Suspendu sur une corde, le linge claquait au vent.

Lily décrocha sa chemise de nuit, puis la robe de Ballanika et les déposa dans le panier en osier qu'Audrey venait de poser sur le sol.
– Tu es bien pensive, ma jolie, fit la femme. J'espère que je ne t'ai pas fait peur avec mes sornettes !
– Pas du tout, répliqua la jeune gitane. J'adore les histoires…
– Ah oui ? Alors ouvre bien tes oreilles ! Cette fois, je peux t'assurer qu'il s'agit d'une histoire vraie puisque j'y étais !

Audrey décrocha un drap de la corde. Lily le saisit à un bout et l'aida à le plier. La femme se mit à raconter :

– La veille de la naissance de ma fille, il y a eu un incident étrange. C'était la nuit. Auguste et moi dormions profondément quand un grondement sourd nous a réveillés. On aurait dit un tremblement de terre. Cela n'a pas duré bien longtemps et Auguste s'est aussitôt rendormi. Par contre, moi, j'ai eu du mal à retrouver le sommeil.

Audrey se pencha pour ranger le drap dans le panier. En se redressant, elle prit un air mystérieux avant de continuer :

– Le lendemain matin, deux enfants du village sont revenus en courant de la plage. Ils prétendaient avoir vu des empreintes gigantesques dans le sable. Grandes comme ça !

Audrey écarta ses mains de trente pouces pour appuyer ses paroles.

– Avec quelques villageois, nous sommes allés voir ces traces, mais les vagues les avaient effacées, continua-t-elle. La plupart des gens ont pensé que les enfants avaient tout inventé. Mais des anciens ont prétendu qu'un géant avait vécu près d'ici.

Elle hocha la tête en signe d'approbation.
– Et moi, je les ai crus… Ah ! je me souviens de tout cela comme si c'était hier parce que, en revenant de la plage, j'ai donné naissance à ma petite Ada.

Suspendue à ses lèvres, Lily dut se maîtriser pour cacher son excitation. « Un géant… Manuel Forestier, sans doute. Alors… il est peut-être encore vivant ! » se dit-elle.

CHAPITRE 3

– J'aimerais beaucoup continuer à parler avec toi, Lily, mais je dois filer, dit Audrey. J'ai promis à ma voisine que je l'aiderais à travailler dans son jardin ce matin.
– Dans ce cas, je vais rentrer votre panier de linge, proposa Lily. Nous serons probablement parties quand vous reviendrez. Savez-vous dans quelle direction se trouve le sentier du Berger ?
– Le sentier du Berger ? Mais il ne mène nulle part ! C'est bien par là que vous voulez aller ?

Audrey regarda la jeune fille d'un air intrigué mais comme cette dernière ne répondit rien, la femme désigna une porte en treillis, derrière le potager, qui donnait sur un chemin de terre.
– Prenez le chemin des Adieux, puis tournez à gauche. Vous ne pouvez pas le manquer ! C'est bien indiqué.
– Merci pour tout ! dit Lily avec gratitude.
– Mais de rien, ma jolie ! répondit Audrey. Au fait,

une dernière chose… Quand tu as raconté au petit déjeuner que vous veniez d'un endroit qui s'appelle Malakou, ce n'était pas vrai, n'est-ce pas ?

Embarrassée, Lily bredouilla :
– Euh… Pourquoi dites-vous cela ?
– J'ai l'impression que tu as inventé cette histoire de toutes pièces. Dis-moi, pourquoi te serais-tu retrouvée en chemise de nuit à bord d'un bateau en provenance d'un endroit dont personne n'a jamais entendu parler ?

Lily sourit d'un air gêné. Elle ne savait que répondre.
– Je ne veux pas me mêler de ce qui ne me regarde pas, dit Audrey. Je veux juste m'assurer que tout va bien. Vous n'êtes pas en danger, j'espère ?
– Tout va bien. Nous avons perdu notre chemin, c'est tout, répondit la jeune gitane, espérant que son visage ne trahisse pas son malaise.
– Tu sais, Lily, reprit doucement Audrey, nous étions sincères tout à l'heure. Vous pouvez rester chez nous aussi longtemps que vous le désirez !
– Merci, madame, mais nous devons vraiment reprendre la route.
– Bon, d'accord. Je n'insiste pas… Tu salueras ta

grand-mère de ma part quand elle se réveillera. Allez, bon voyage !

❁

Lily monta l'escalier quatre à quatre et entra dans la chambre. Ballanika dormait encore. Le cœur serré, la jeune gitane vit que son amie avait maintenant les cheveux blancs comme la neige.

Elle la secoua doucement pour la tirer du sommeil.
– Ballanika ! Écoute... Je viens de parler avec Audrey. Manuel est peut-être encore en vie !

Lily raconta tout ce qu'elle venait d'apprendre à Ballanika. Celle-ci était maintenant parfaitement réveillée. Elle l'écouta jusqu'au bout, les yeux écarquillés. Puis elle murmura :
– Lily, tu es sûre que la maison a été abandonnée il y a vingt-cinq ans ?
– Oui, marmonna la jeune gitane à contrecœur.
– Je suis donc restée tout ce temps-là sous l'eau ? Alors, cela signifie que j'ai quarante-cinq ans et que ma fille est adulte... Ce n'est pas possible...
– J'ai bien peur que si, répondit Lily.

La jeune fille n'osait pas l'avouer mais elle trouvait que son amie avait l'air beaucoup plus âgée qu'elle ne le pensait.

Ballanika tendit ses mains devant elle. De grosses veines bleutées couraient sous sa peau fine, parsemée de taches brunes. Elle pencha sa tête vers l'avant et regarda sa chevelure blanche, d'un air incrédule.
– Partons tout de suite ! dit-elle dans un souffle. Nous devons retrouver Manuel. Il n'y a pas une minute à perdre.

Elle enfila sa robe verte, qui semblait désormais flotter autour d'elle. Constatant que sa chemise de nuit était vraiment devenue trop courte pour elle, Lily décida de garder les vêtements d'Ada.

Alors qu'elle ramassait sa boîte d'ébène, elle vit Ballanika s'agenouiller par terre et soulever le tapis ovale au pied du lit. Son amie cogna ensuite sur les lattes du plancher jusqu'à ce qu'elle en trouve une qui sonnait creux.
– Qu'est-ce que tu fais ? demanda la jeune gitane, interloquée.

Ballanika ne répondit pas. Avec ses ongles, elle souleva la latte, passa sa main dessous et en ressortit une bourse de cuir qui paraissait bien remplie. Elle dénoua les cordons et renversa le contenu sur le lit : des pièces dorées tintèrent en formant un petit monticule brillant sur l'édredon.

Lily resta bouche bée. Elle n'avait jamais vu autant d'argent.
– Avant de mourir, mon père m'a donné cent pièces d'or. C'était toute sa fortune ! Je veux les remettre à Jazamina, expliqua Ballanika gravement.

Lily n'avait jamais rien demandé de tel à personne, mais cette fois-ci, elle osa :
– Est-ce que je pourrais en avoir une... ?
– Bien sûr, mon étoile de mer, s'empressa de répondre Ballanika.

Et elle déposa une pièce d'or dans la main de la jeune gitane :
– Voilà ! Elle est à toi.

Une fois que la bourse fut bien refermée, Ballanika demanda à Lily de la garder sur elle et d'en prendre grand soin. La jeune fille déchira deux bandes de tissu dans sa chemise de nuit. Elle se servit de la première pour attacher solidement l'héritage de Jazamina autour de sa taille.

Elle noua ensuite la deuxième à la poignée de la boîte d'ébène, afin de pouvoir la porter en bandoulière.
– En route, fit-elle d'un ton résolu.

Il était presque midi lorsque les deux compagnes sortirent de la maison et empruntèrent le chemin des Adieux, en direction de la montagne. Elles passèrent derrière le village, suivant les instructions d'Audrey.

Après avoir tourné à gauche, elles atteignirent un sentier caillouteux qui s'enfonçait dans la forêt. Lily aperçut un panneau cloué sur un vieux chêne. Il était usé par le temps, mais on pouvait encore y lire une inscription : « Sentier du Berger ».

Lorsque Audrey rentra chez elle un peu plus tard, elle remarqua que les vêtements d'Ada n'avaient pas été remis en place comme il avait été convenu avec Lily. Une de ses boîtes d'allumettes avait disparu, tout comme son couteau de cuisine. À leur place habituelle, sur le comptoir, brillait une pièce d'or.

CHAPITRE 4

Lily et Ballanika marchèrent tout l'après-midi, s'arrêtant seulement pour boire de l'eau dans les ruisseaux et manger les baies sauvages qu'elles trouvaient ici et là. Au bout de quelques heures, Lily eut l'impression que la bourse de cuir et la boîte d'ébène pesaient comme du plomb sur son corps fatigué. Même si les sabots les protégeaient des cailloux du chemin, les pieds des deux voyageuses étaient couverts d'ampoules et devenaient plus douloureux à chacun de leurs pas.

Il faisait déjà bien sombre lorsqu'elles décidèrent de s'installer pour la nuit. Lily improvisa un lit de fortune avec des feuilles et de la mousse. Ballanika, qui tremblait de froid dans sa robe, s'allongea tout de suite, tandis que sa jeune amie allumait un feu pour qu'elles se réchauffent.

Au lever du jour, Lily et Ballanika reprirent le sentier du Berger. La végétation devenait de plus en plus dense. Tout en marchant, la jeune fille écartait les branches qui gênaient leur passage. De temps à autre, elle utilisait le couteau qu'elle avait pris dans la cuisine d'Audrey pour couper les plantes couvertes d'épines qui risquaient de les blesser.

À la fin de la matinée, Ballanika avait le souffle court et traînait en arrière. Elle déclinait. Il devenait évident pour Lily que son amie ne pourrait plus tenir très longtemps. Angoissée, la jeune gitane pensa qu'elle s'était trompée en lisant les lignes de la main de Ballanika. Cette dernière ne retrouverait jamais sa fille…

– Allez ! On continue ! dit-elle cependant pour encourager son amie.

Hélas ! le sentier devint plus escarpé. Les deux marcheuses devaient sans cesse enjamber d'énormes roches et des racines d'arbres. Vers le milieu de l'après-midi, épuisées, elles avançaient toutes deux à pas de tortue.

– Le ravin ne doit pas être bien loin, annonça Ballanika dans un souffle.

– Le ravin ? répliqua Lily.

– Ne t'en fais pas, il y a un pont suspendu qui permet de le traverser, la rassura la vieille dame.

Surmontant leur fatigue, elles continuèrent, Lily en tête. Tout à coup, au détour du chemin, un précipice s'ouvrit à ses pieds. Époustouflée par le paysage grandiose, elle fit un pas de trop et glissa, déclenchant un éboulis de roches qui dévala la pente. Elle agrippa juste à temps une branche d'une main et, de l'autre, fit signe à Ballanika de ne plus bouger.

Un aigle planait dans le ciel. Il descendit lentement vers elles en faisant des cercles au-dessus du vide.

Les deux amies avaient bel et bien atteint le bout du sentier mais, à leur grand désarroi, le pont suspendu s'était effondré. Ce qu'il en restait se trouvait au fond du gouffre, en mille morceaux éparpillés.
– Qu'allons-nous faire ? s'inquiéta Lily.

La jeune gitane s'était assise par terre pour éviter de tomber. Sa tête tournait. Elle comprenait maintenant pourquoi Audrey lui avait dit que le sentier du Berger ne menait nulle part.
– Je connais une autre façon de traverser, dit Ballanika. Constantin et Manuel avaient installé une tyrolienne au-dessus du ravin. C'était leur petit secret. Constantin me l'avait montrée un jour.

– Une tyrolienne ? demanda Lily, intriguée. Qu'est-ce que c'est ?
– Un système de câble et de poulie qui permet de franchir des obstacles comme celui-ci. Je me souviens, il y avait une cachette dans la paroi, juste un peu plus bas. Le matériel se trouve peut-être encore là.

Ballanika s'approcha prudemment du bord du gouffre et scruta la surface rocheuse qui plongeait à pic jusqu'au fond de l'abîme.
– À cet endroit, un câble reliait les deux côtés du ravin. Il devrait y être encore… Je ne le vois plus ! se désola-t-elle.

Lily regarda à son tour, en plissant les yeux pour mieux voir. Elle aperçut enfin le filin métallique. Il était en contrebas, légèrement vers la droite. Il fallait descendre le long de la falaise pour l'atteindre. L'entreprise était périlleuse, mais c'était leur dernière chance !
– Je vais aller voir si le matériel de Constantin et de Manuel est toujours là, décida la jeune gitane en posant la bourse de cuir et la boîte d'ébène sur le sol.

Elle enleva aussi ses sabots, car ils étaient devenus trop petits pour elle et l'auraient gênée dans sa descente.

– Fais attention ! la supplia Ballanika.

Lily se releva. Aussitôt, elle oscilla vers l'avant comme si elle était attirée par le vide. Elle recula d'un pas et retrouva son équilibre. L'aigle, qui faisait du surplace au-dessus d'elle, poussa un cri strident.

La jeune fille s'agenouilla. Elle se retourna face à la paroi et, se cramponnant à des fissures dans le rocher, entreprit sa descente. Un nuage de gravier glissa sous ses pieds meurtris. Ses jambes et ses bras se mirent à trembler. Sa jupe longue l'encombrait. « Si seulement j'avais gardé ma potion qui donne du courage ! » pensa-t-elle.

Des cailloux dégringolèrent dans l'abîme. Lily s'obligea à ne pas regarder en bas et, surmontant sa peur du vide, poursuivit sa descente. À sa gauche, elle aperçut enfin une cavité dans la falaise. La jeune gitane avança avec difficulté le long de l'étroite corniche puis rampa à l'intérieur de la petite grotte.

Elle remarqua tout de suite un vieux harnais appuyé contre le mur du fond. C'était une sangle en cuir qu'il suffisait de placer sous ses cuisses, comme un siège de balançoire. Lily la trouva très large, mais elle se rappela que Manuel était d'une taille hors du commun.

Les deux extrémités de la sangle étaient attachées à une corde munie d'un mousqueton, qu'il fallait accrocher à une poulie installée sur le câble. Une autre corde, très longue, était aussi nouée au harnais. Lily comprit que celle-ci servait à ramener le harnais vers soi une fois que la première personne avait rejoint le côté opposé.

Quant au câble, il était fixé à un arbre qui avait miraculeusement poussé à travers le roc, juste à l'entrée de la grotte. Tendu lâchement au-dessus du vide, il reliait les deux flancs du ravin. Lily nota qu'il était particulièrement rouillé. « J'espère qu'il tiendra bon », murmura-t-elle. Puis, elle s'écria, l'écho répercutant sa voix :
– *Ballanika ! Lanikaaa ! Ikaaa ! J'ai trouvé ! Trouvééé ! Ouvééé !*

❁

La jeune gitane remonta chercher son amie. Elle rattacha la bourse de cuir à sa taille et remit la boîte d'ébène en bandoulière. Elle guida ensuite la vieille dame jusqu'à la grotte, lui indiquant où poser les pieds et les mains et la soutenant pour qu'elle ne tombe pas. Sans son aide, Ballanika n'y serait jamais parvenue, car elle était très affaiblie. La descente fut longue et pénible, mais elles arrivèrent enfin au repaire de Constantin et de Manuel.

Il fallait maintenant traverser.
– Je vais y aller en premier, insista Ballanika.
– Tu en es sûre ?
– Oui. Si le câble peut supporter mon poids, il pourra certainement résister au tien.

Lily aida son amie à s'installer dans le harnais. Dans ce siège destiné à transporter un géant, Ballanika avait l'air plus frêle que jamais.
– Prête ? demanda la jeune fille, en prenant soin de tenir solidement dans sa main le bout de la longue corde.

CHAPITRE 5

Ballanika se tenait au bord de la corniche. Elle ne dit pas un mot. Lily non plus. Mais toutes les deux pensèrent à la même chose. Le câble, qui avait autrefois supporté le poids d'un géant, était maintenant tout rouillé. S'il se cassait, c'en serait fini de leur aventure… et la vie de la dame de nacre s'achèverait au fond du ravin.

Ballanika fixa le harnais à la poulie à l'aide du mousqueton.
– Je suis prête, annonça-t-elle.

Elle attendit que Lily lui donne une petite poussée, mais rien ne se produisit. La jeune gitane n'en avait pas le courage. Alors, sans prévenir, Ballanika se donna un élan et s'élança dans le vide. Le câble émit d'effroyables grincements. Toutefois, la vieille dame avança rapidement au-dessus du gouffre, son poids faisant glisser la poulie sur le câble. Lorsqu'elle atteignit l'autre côté, Lily lui cria :

– *Sois prudente ! Prudeeente ! Deeente !*

En face, le câble, attaché à un autre arbre, aboutissait au sommet de la falaise. Quand Ballanika se hissa enfin sur le sol, elle poussa un petit cri de joie. Elle retira le harnais et le laissa pendre au mousqueton.

La jeune gitane tira sur la longue corde pour ramener le harnais vers elle. C'était à son tour de traverser. « Ça va bien se passer », se dit-t-elle pour se rassurer en passant la sangle sous ses cuisses.
– *J'arrive ! Arriiive ! Riiive !* cria-t-elle.

Debout sur la corniche, elle compta jusqu'à trois et sauta dans le vide. Suspendue entre ciel et terre, elle eut l'impression de ne plus pouvoir respirer, tant sa poitrine était serrée par l'angoisse. Des éclats de rouille s'échappaient du câble au fur et à mesure qu'elle avançait. Morte de peur, elle fixait Ballanika, qui priait pour que le poids de Lily soit suffisant pour faire glisser la poulie sur le câble jusque de l'autre côté.

Après quelques minutes qui lui parurent une éternité, Lily finit par atteindre la falaise. Elle défit le harnais et courut se réfugier dans les bras de son amie.

Toutes deux restèrent un bon moment immobiles, le cœur battant, à savourer cette nouvelle victoire.

❄

Les deux compagnes pénétrèrent dans la forêt touffue. Des ronces avaient envahi le sous-bois, si bien qu'il était quasiment impossible de s'y frayer un chemin. De toute évidence, il y avait belle lurette que personne n'était passé par ici. Elles avaient toutes les deux été obligées d'abandonner leurs sabots de l'autre côté du ravin. Alors la jeune fille déchira le bas de sa jupe et en fit des bandelettes pour envelopper ses pieds et ceux de Ballanika.

Absolument rien ne semblait indiquer que quelqu'un habitait dans les parages. Pas d'empreintes de pas ni de branches cassées. Rien. Aucune trace du géant. La pénombre s'installait et l'humidité transperçait leurs minces vêtements. La jeune fille se sentit à nouveau découragée.
– Est-ce que sa maison est encore loin? demanda-t-elle.

Ballanika ne répondit pas. Elle paraissait désorientée. À bout de forces, elle fit encore quelques pas puis s'écroula.

– Je ne peux plus continuer…
– On ne va pas abandonner maintenant ! déclara Lily en aidant son amie à s'asseoir. Les mains de Ballanika tremblaient. Une affreuse quinte de toux secoua son corps fragile. Elle avait encore vieilli. Pour la première fois, la gitane se demanda si son amie allait survivre à cette épreuve. « Il ne faut pas qu'elle passe une nouvelle nuit dehors », se dit-elle.

Lily examina le sol, tentant de trouver un indice qui leur redonnerait un peu d'espoir. Peine perdue.
– Zut ! pesta-t-elle en donnant un coup de pied dans un grand morceau d'écorce tombé d'un arbre.

Le morceau vola dans les airs, découvrant du même coup une profonde crevasse dans le sol moelleux de la forêt. C'était une trace de pas gigantesque !

CHAPITRE 6

Posant ses mains de part et d'autre de l'empreinte, Lily estima qu'elle devait mesurer près de trente pouces. Elle poussa un soupir de soulagement. Un homme d'une taille exceptionnelle était passé par ici !

Lily prit une pincée de terre et la frotta entre ses doigts.
– La trace est fraîche ! se réjouit-elle. Il est vivant ! Manuel Forestier est vivant ! Il doit se trouver près d'ici ! Et… peut-être que Jazamina est avec lui ?

Ballanika sourit faiblement, mais elle ne se releva pas.
– Reste ici, dit Lily d'un ton ferme. Ne t'inquiète pas, je reviens tout de suite. Je vais aller voir s'il y a d'autres empreintes.

Elle s'éloigna et finit par trouver de nouvelles traces, cette fois dans une piste bien dégagée, ce qui l'encouragea davantage !

Mais, quand elle revint sur ses pas, Ballanika était étendue sur le sol, immobile.
– Continue sans moi, murmura la vieille dame. Ne m'attends pas. Lorsque tu verras Manuel, explique-lui que c'est moi qui t'envoie. Si Jazamina n'est pas avec lui, trouve-la, je t'en prie... Et dis-lui que je regrette ce que j'ai fait. Dis-lui que je l'ai aimée très fort.
– Ballanika ! Courage ! Nous sommes si près du but !
– C'est trop tard pour moi, déclara son amie. Mais toi, tu peux encore réussir.
– Je ne t'abandonnerai pas, insista Lily.

Et elle força sa compagne à se relever.

Le soleil s'était couché. La forêt était peuplée d'ombres noires. Au loin, des loups hurlaient. De temps en temps, le hululement d'un hibou résonnait tout près, mais elles ne pouvaient le voir, tant la nuit était opaque.

Lily eut peur de s'écarter de la piste. Elle craqua une allumette et enflamma l'extrémité d'une branche de sapin. Guidées par la lumière de cette torche improvisée, les deux compagnes poursuivirent leur route.

Enfin, Lily sentit une odeur de fumée. Elle écarquilla les yeux pour essayer de distinguer quelque chose et aperçut une lueur entre les feuilles sombres. Soutenant toujours Ballanika, elle l'aida à faire les derniers pas.

Elles arrivèrent enfin au milieu d'une clairière, devant un immense chalet en bois rond. La porte d'entrée était aussi haute que le porche d'une église. Soigneusement empilées sous une des fenêtres, des bûches formaient un tas qui devait faire une fois et demie la taille de Lily.
– La maison de Manuel, dit faiblement Ballanika.
– Attends-moi ici. Je vais jeter un coup d'œil, suggéra Lily.

Dans son for intérieur, elle espérait trouver Jazamina dans ce chalet.

La jeune gitane éteignit la torche en soufflant dessus puis elle fit asseoir Ballanika sur une souche. Comme Lily était trop petite pour atteindre le rebord de la fenêtre, elle grimpa sur le tas de bois.

Soudain, son pied glissa et elle tomba brutalement dans l'herbe, faisant dégringoler plusieurs bûches.

La porte d'entrée s'ouvrit aussitôt. Une imposante silhouette se découpa dans l'embrasure inondée de lumière. « Manuel Forestier », murmura Lily, impressionnée par la taille exceptionnelle de l'homme. Un chaton roux vint frotter sa tête contre les énormes bottes du géant. « Reste à l'intérieur, Épinette », dit le colosse d'un ton protecteur.

Il dévisagea la jeune fille qui se relevait. Elle avait les vêtements en lambeaux et les cheveux en bataille. Quant à lui, il était exactement tel que Ballanika l'avait décrit : aussi grand que deux hommes !

Manuel Forestier passa une main large comme une pelle dans ses cheveux grisonnants, puis ajusta ses lunettes sur son nez pour mieux voir les deux visiteuses.

Lily aida Ballanika à se mettre debout.
– Manuel ! s'écria la vieille dame, les mains jointes devant elle.
– C'est moi-même ! répondit le géant, qui ne semblait pas reconnaître son amie.

– C'est moi… Ballanika !

Posant ses mains sur ses genoux, Manuel se pencha pour regarder de plus près la femme qui se trouvait devant lui. Son visage était ridé, et ses cheveux, blancs comme neige, mais ses jolis yeux noisette étaient bien ceux de la jeune demoiselle qu'il avait connue autrefois.
– Ballanika ? murmura-t-il en retenant ses larmes.

Pleurant de fatigue et d'émotion, la vieille dame s'écroula dans ses bras.

CHAPITRE 7

Le chalet ne comptait qu'une seule pièce, mais elle était spacieuse et confortablement aménagée. Le plafond était deux fois plus haut que dans une maison ordinaire. Lily eut l'impression d'être redevenue une petite fille, car tout paraissait gigantesque autour d'elle.

Le cœur serré, elle dut se rendre à l'évidence : il n'y avait pas la moindre trace de la présence de Jazamina dans cette demeure. Ses seuls habitants étaient Manuel et Épinette.

L'homme avait installé Ballanika dans un immense fauteuil près de la cheminée, dans laquelle flambait un bon feu. Après son épuisant périple, la vieille dame pouvait enfin se détendre. Elle ne tarda pas à s'assoupir.

– Je croyais que je ne te reverrais plus jamais, murmura le géant en déposant une couverture sur les épaules de son amie.

– Monsieur ? l'interrompit Lily.

L'homme sursauta. Il était si bouleversé de retrouver son amie de longue date, et dans un si piètre état, qu'il en avait oublié la présence de la jeune fille.
– Puis-je vous parler ? lui demanda cette dernière poliment.

Puis, n'y tenant plus, elle s'écria :
– Où est Jazamina ?
– Jazamina ? Hélas ! soupira-t-il, je n'en ai aucune idée… Je n'ai plus de nouvelles d'elle depuis des années.

Terriblement déçue, Lily explosa :
– Ballanika est victime d'un mauvais sort ! Elle vieillit à toute vitesse ! Il faut que vous l'aidiez à retrouver sa fille au plus vite, avant qu'elle meure !

Manuel ouvrit de grands yeux étonnés et s'agenouilla près d'elle. Il n'avait pas l'air de saisir toutes les paroles de Lily. Elle comprit qu'elle devait lui expliquer la situation.

S'efforçant de se calmer, elle résuma leurs aventures du mieux qu'elle put : sa rencontre avec Ballanika sous la mer, la façon dont elles étaient sorties de l'eau, leur vieillissement accéléré…

Elle regarda son amie endormie avec anxiété :
– Je crois que la potion du Sorcier est en train de la tuer, conclut-elle. J'ai bien peur qu'elle ne revoie jamais sa fille !

Le visage de Manuel s'assombrit quand il posa les yeux sur Ballanika. On aurait dit qu'elle avait cent ans. Bien plus que son âge réel. La jeune fille avait raison.

Tout à coup, il s'exclama :
– Je ne peux pas t'aider à retrouver Jazamina. Mais… je peux aider Ballanika !

Il attrapa une petite bouteille sur le manteau de la cheminée. À travers le verre foncé, on entrevoyait un peu de liquide brunâtre.
– Ceci est un antidote ! annonça-t-il fièrement. Non seulement arrêtera-t-il le vieillissement de notre amie, mais il pourra peut-être la ramener à l'âge qu'elle avait au moment où elle a été faite prisonnière sous la mer. D'ailleurs, tu devrais en boire toi aussi, jeune demoiselle…

–Je m'appelle Lily! répondit vivement la jeune gitane, enthousiasmée par cette bonne nouvelle. Alors cela signifie que j'aurai à nouveau dix ans!

Le géant sourit devant la joie de la jeune fille. Elle demanda encore:
–C'est vous qui avez préparé l'antidote?
–Non, ma chère. Je n'ai aucun talent pour ces choses-là. C'est le diable en personne qui l'a fabriqué…
–Le Sorcier? Il vous l'a donné?
–Bien sûr que non. J'ai dû utiliser d'autres moyens pour l'obtenir, dit le géant d'un air mystérieux.

Avec ses dents, il tira sur le bouchon de liège qui scellait la bouteille. Il réveilla doucement Ballanika, lui murmura quelque chose à l'oreille et lui tendit l'antidote. Les yeux de Ballanika étaient usés par la fatigue. Elle mit du temps à déchiffrer l'étiquette collée sur le flacon.

Puis elle resta silencieuse, fixant le petit récipient. Au bout d'un moment, elle se tourna vers Lily. La jeune fille crut d'abord lire du désespoir dans le regard de sa compagne, mais elle vit que Ballanika lui souriait tendrement.
–Ma petite étoile de mer… Tu veux bien me laisser

seule avec Manuel quelques instants ? demanda-t-elle. En attendant, tu peux en profiter pour nettoyer tes égratignures. Et, s'il te plaît, pourrais-tu me remettre la bourse en cuir et me confier ta boîte d'ébène ?

❁

Épinette, la petite chatte rousse, ronronnait sur le rebord de la fenêtre en regardant Lily laver ses pieds meurtris et ses genoux écorchés dans l'évier en pierre. Manuel avait déposé la jeune gitane sur le comptoir de la cuisine, car il était si haut qu'elle n'aurait jamais pu l'atteindre toute seule. Le géant lui avait apporté du savon et une serviette de bain aussi grande qu'un drap. Il lui avait aussi donné une assiette de délicieuses galettes de pommes de terre aux champignons sauvages, que Lily avait aussitôt dévorée.

Une fois sa toilette terminée, la jeune fille jeta un coup d'œil vers la cheminée. Assis sur le banc, dos à l'âtre, Manuel Forestier écoutait son amie. Lorsqu'elle se tut, il ouvrit la boîte d'ébène et en caressa le couvercle. Il semblait réfléchir intensément. Puis il hocha la tête et sourit. Se tournant vers Lily, il la dévisagea, comme s'il la voyait maintenant sous un jour différent. Il reprit ensuite sa conversation avec Ballanika.

La jeune gitane aurait bien aimé savoir ce qu'ils se disaient mais les deux amis parlaient trop doucement pour qu'elle comprenne. Soudain, elle vit un petit museau curieux s'avancer sur le comptoir. C'était Épinette. La chatte bondit agilement sur le plancher. Lily l'imita, amortissant du mieux qu'elle put sa chute avec ses mains. À ce bruit, Ballanika et Manuel se retournèrent.

La vieille femme ouvrit grands les bras, invitant Lily à la rejoindre. Celle-ci alla se blottir contre elle, sous la chaude couverture. Des larmes coulaient sur le visage ridé de Ballanika. Lily n'aurait su dire s'il s'agissait de larmes de tristesse ou de joie.

CHAPITRE 8

– Prends, c'est pour toi ! dit Ballanika en tendant l'antidote à Lily.

La jeune gitane renifla le flacon. Elle grimaça de dégoût.
– Pouah ! Ça sent mauvais !
– Je sais, répondit son amie, mais tu dois le boire au complet, jusqu'à la dernière goutte !
– Je le boirai après toi ! déclara Lily.
– Moi… ? hésita la vieille dame.

Elle lança un drôle de regard au géant et poursuivit :
– Euh… je… j'ai déjà bu ma part.

Manuel posa une main rassurante sur l'épaule de son amie. Ce geste ainsi que la réponse embarrassée que Ballanika venait de balbutier donnèrent à Lily l'impression qu'on lui cachait quelque chose.

Malgré tout, Lily se pinça le nez et avala d'un seul

trait l'infect liquide. Son visage se contracta et ses yeux se remplirent de larmes. Elle s'essuya la bouche du revers de la main.
– Ouf ! Voilà, c'est fait !

Ballanika l'embrassa sur le front :
– Très bien, ma petite perle ! Il faut maintenant attendre que la potion agisse, murmura-t-elle.

Épinette sauta sur les genoux de Manuel et se blottit contre lui. Les yeux mi-clos, la jolie chatte s'endormit en ronronnant. Pelotonnée contre Ballanika, Lily bâilla, puis s'abandonna elle aussi au sommeil.

Plusieurs heures s'écoulèrent. Lorsque Lily se réveilla, le feu était presque éteint dans le foyer. La jeune gitane remarqua que ses mains étaient plus petites que la veille. Elle tendit un pied devant elle : lui aussi avait rapetissé.

Manuel Forestier n'avait pas bougé. Assis sur le même banc, il avait l'air perdu dans ses pensées. Quant à Ballanika, elle dormait encore. Sa respiration était courte et rauque.

Étrangement, elle semblait toujours aussi âgée.
– Monsieur, souffla Lily. La potion n'a pas fonctionné pour Ballanika !

Détournant son regard des flammes chancelantes, il répondit à voix basse :
– Ne t'en fais pas, elle va bien.

Lily prit la main de son amie, dont la peau était ridée et desséchée comme du parchemin, et l'embrassa. Elle prononça doucement son nom. Les paupières de Ballanika palpitèrent. Une larme coula le long de sa joue plissée.
– Est-ce que j'ai été bonne pour toi ? demanda-t-elle soudainement.
– Bien sûr que oui ! répliqua Lily. Tu as été comme une mère pour moi. Pourquoi me poses-tu une question pareille ?
– Parce que…, se contenta de répondre Ballanika.

Sa voix était à peine audible. La jeune gitane regarda Manuel, cherchant à se faire rassurer. Mais le menton du géant tremblait. Il détourna son visage.

Lily remonta la couverture sur le cou de son amie.
– Je t'aime, mon trésor, murmura Ballanika.

– Je sais… Rendors-toi, répondit Lily à voix basse.

Mais Ballanika rassembla toutes ses forces pour continuer.
– Dans mes moments les plus sombres, tu as toujours été mon étoile. Pardonne-moi ce que j'ai fait…

À ces mots, Lily pensa que son amie commençait à divaguer. Le long périple jusqu'au chalet de Manuel Forestier ainsi que le vieillissement accéléré avaient eu raison d'elle.
– Je t'aime… de tout mon cœur ! chuchota tendrement la jeune gitane.

Ballanika poussa un long soupir et lâcha la main de Lily. Alors, toute la tristesse qui avait toujours alourdi son visage s'envola d'un seul coup.

CHAPITRE 9

Le lendemain matin, quand Lily se réveilla, elle eut un instant d'égarement avant de réaliser qu'elle avait dormi dans un tiroir ! Elle comprit que Manuel avait retiré ce tiroir de son immense commode pour l'y installer. Il y avait placé un large oreiller en guise de matelas et une vaste écharpe de laine pour la tenir au chaud. Épinette était roulée en boule à ses pieds. Il faisait grand jour dans la pièce. La matinée devait être bien avancée.

La jeune gitane sortit de son lit de fortune et sursauta au contact du plancher froid. La jupe d'Ada retombait de nouveau jusqu'au sol. « J'ai l'air d'avoir douze ans, estima Lily. Finalement, l'antidote ne m'a pas ramenée exactement à l'âge que j'avais lorsque je suis tombée dans l'océan. »

Elle sourit, ravie tout compte fait d'avoir gagné quelques années.

Elle avait hâte de voir à quel point Ballanika avait rajeuni, elle aussi, durant la nuit !

Un silence absolu régnait dans le chalet. Elle appela :
– Ballanika ! Manuel !

Il n'y avait personne.

« Ils ont dû aller se promener un peu en attendant que je me lève », pensa-t-elle.

Un bout de papier glissé sous le pied d'une chaise attira son attention. La note disait :
« Le petit déjeuner est sur la table ! »

Lily prit son élan et grimpa sur la chaise du géant. De là, elle se hissa sur la table. Manuel Forestier lui avait laissé une tranche de pain qui avait un goût inconnu mais délicieux. Elle la dégusta avec du miel. À son tour, Épinette bondit sur la chaise, puis sur la table et se frotta contre la jeune affamée qui dévorait son petit déjeuner.

Tout à coup, la vaisselle et les ustensiles s'entrechoquèrent. On aurait dit un tremblement de terre ! Effrayée, Lily s'arrêta de manger. Puis elle se rappela l'incident qu'Audrey lui avait raconté, ce grondement sourd pendant la nuit… La jeune gitane en conclut que ce devait être Manuel et Ballanika qui rentraient ! Elle sauta aussitôt sur le plancher, suivie de la chatte rousse. Elle se précipita dehors et courut à la rencontre de ses amis.

À ce moment, le géant surgit dans la clairière. Il marchait la tête baissée, écartant les fougères avec un immense bâton. Il était seul. Une boule d'angoisse serra la gorge de Lily.
– Où est Ballanika ? s'inquiéta-t-elle.

L'homme poursuivit son chemin sans dire un mot. Lily le suivit à l'intérieur du chalet. L'air tourmenté, il posa son bâton de marche contre la cheminée. Puis il prit une serviette dans la commode et la mit autour de son cou. Lily remarqua alors que sa chemise à carreaux était mouillée.

Manuel se pencha et planta ses yeux bleus dans ceux de la jeune fille.
– Lily, dit-il, Ballanika ne reviendra pas.

La gitane le fixa, incrédule. Elle protesta :
– Que voulez-vous dire ?

De sa voix la plus douce, le géant continua :
– Elle est allée retrouver Constantin. C'était ce qu'elle voulait…

Lily le défia :
– Je ne vous crois pas. C'est impossible. J'ai lu dans les lignes de sa main qu'elle retrouverait un jour Jazamina.

En disant cela, elle aperçut une tache verte dans les cheveux de l'homme. Une algue… Puis elle vit des petits grains collés sur son front. Du sable… Elle crut alors que son cœur allait éclater.
– Vous l'avez ramenée sur la plage !
– Oui, Lily, murmura Manuel.
– Elle… elle est retournée dans la mer ?

Gravement, Manuel hocha la tête.
– Non ! hurla Lily. Elle n'a pas le droit de faire ça !

Révoltée, elle imagina Ballanika posant le caillou du Sorcier sur sa langue. Cette fois, son amie n'avait pas de potion pour revenir sur terre. Elle avait décidé librement de disparaître dans l'océan à tout jamais.

La jeune fille enfouit son visage dans ses mains et éclata en sanglots.
– Elle m'a laissée toute seule ! Comme elle l'a fait avec Jazamina !

Le géant voulut la prendre dans ses bras pour la consoler, mais elle s'écarta.
– Je ne me laisserai plus jamais aimer par qui que ce soit ! cria Lily. Et je ne lui pardonnerai jamais de m'avoir abandonnée ! Jamais !
– Ne dis pas ça, dit Manuel. Tu ne devrais pas penser du mal de Ballanika. Elle t'aimait plus que tu ne peux l'imaginer.
– Si elle m'avait aimée autant que vous le dites, elle serait restée avec moi. J'ai besoin d'elle ! Mais elle a choisi Constantin. Un mort ! Alors que moi, je suis vivante !... Et, en plus, elle a renoncé à retrouver sa propre fille ! Je comprendrais Jazamina de ne jamais lui pardonner !

Lily releva la tête et foudroya Manuel du regard.

Après un silence, le géant déposa la serviette humide sur la table et annonça :
– Avant que tu juges Ballanika trop sévèrement, il faut que tu saches que tes prédictions étaient justes.

CHAPITRE 10

Surprise par les paroles énigmatiques de Manuel, la jeune gitane ne pensa pas à protester lorsqu'il la souleva et la déposa dans le vaste fauteuil, à côté de sa boîte d'ébène.
– Je veux te montrer quelque chose, dit-il.

Épinette miaula à ses pieds pour attirer son attention. Il l'attrapa avec sa grosse main et la mit sur son épaule. Puis il passa ses doigts épais sur de petites encoches gravées sur son bâton de marche, appuyé contre la cheminée.
– Tu vois ces marques ? dit-il. J'en ai fait une chaque jour depuis que Ballanika est partie... Il y en a 9205 en tout. Sais-tu combien de temps cela représente ?

Lily secoua la tête.
– Vingt-cinq années, deux mois et quatorze jours.
– C'est une éternité, souffla Lily, interloquée. Elle est vraiment restée dans l'océan aussi longtemps ?

Lily avait du mal à y croire, mais soudain des images de la grotte de corail, du jardin aquatique et des colliers sans fin lui revinrent à la mémoire. Sous l'eau, elle-même avait perdu la notion du temps. Une autre idée jaillit dans sa tête :
– Alors, sa fille Jazamina a vingt-cinq ans !
– Oui, c'est l'âge qu'elle aurait, déclara l'homme, si seulement... le temps ne s'était pas arrêté pour elle comme pour Ballanika.
– Que voulez-vous dire ? demanda Lily.

Manuel caressa Épinette entre les oreilles. Il s'assit sur le banc, en face de Lily. Il semblait chercher ses mots.
– Lily, il est temps que je te le dise. C'est moi qui ai fabriqué ta boîte d'ébène. Tu l'avais peut-être deviné lorsque tu as découvert que mon nom de famille était Forestier. J'ai toujours eu l'habitude de graver mes initiales sur les objets que je fais... Cette boîte, je l'ai fabriquée il y a plus de vingt-cinq ans. Je voulais l'offrir à Ballanika. Hélas, je n'ai jamais eu l'occasion de la lui donner.
– Mais comment ai-je hérité de cette boîte ? demanda Lily, ébahie.
– C'est une longue histoire, répondit Manuel. Le jour où Constantin a disparu en mer, Ballanika est allée

trouver celui que l'on appelle le Sorcier. Quand il a su qu'elle avait une petite fille, il a aussitôt décidé de l'enlever. C'est pourquoi il a cherché à séparer définitivement la jeune mère de son enfant.

Lily secoua la tête en signe de désapprobation. Manuel reprit :
– Ballanika était prête à tout pour retrouver son bien-aimé. Et ça, il l'a très bien compris, le misérable ! Alors il lui a fait croire que sa potion l'aiderait à ramener Constantin sain et sauf. Ce monstre avait même imaginé un stratagème pour m'éloigner, moi aussi, afin que je ne dérange pas ses plans. Il avait persuadé Ballanika que je devais l'accompagner en mer. Lorsqu'elle a plongé dans l'océan, j'ai ramé vers la plage aussi vite que j'ai pu. Il fallait que je sauve l'enfant des griffes du Sorcier…

Manuel marqua une pause et toussa pour s'éclaircir la voix.

La jeune gitane regarda les bras puissants de l'homme, ses jambes démesurées. Elle l'imagina, franchissant la dune en quelques enjambées, regagnant le village à toute vitesse. Elle brûlait d'impatience de connaître la suite.

– Est-ce que le Sorcier était là quand vous êtes arrivé ? demanda-t-elle.

Manuel fit un geste évasif de la main, comme s'il voulait éviter le sujet.
– Ce qui importe, dit-il, c'est que j'ai réussi. J'ai pu sauver Jazamina.

Épinette se lova encore plus confortablement contre le cou de Manuel, qui poursuivit son récit :
– Après avoir rejoint Jazamina, je décidai de fuir le village. Je devais la mettre en lieu sûr, la cacher quelque part où le Sorcier ne pourrait jamais la retrouver. Un instant, j'ai pensé la recueillir ici. Mais je me suis dit que c'était le premier endroit où il viendrait la chercher. Alors je pris le bébé dans mes bras et je quittai mon chalet, cette montagne, cette région... Je n'emportai que mon bâton de marche et un sac avec quelques affaires. Je marchai loin des villages, me cachant dès que je voyais apparaître quelqu'un. Je n'empruntai pas les chemins, de peur que mes pas s'impriment dans la terre. Il ne fallait pas que le Sorcier puisse suivre notre trace. C'était difficile de prendre soin du bébé dans de telles conditions. Chaque fois que je croisais un troupeau de vaches, je remplissais ma gourde de lait pour Jazamina.

Lily ne put s'empêcher de sourire en imaginant le géant en train de nourrir le minuscule bébé.

Manuel continua :
– Le temps pressait. Un matin, je traversai un bosquet de noisetiers. Et là, devant moi, je vis un cheval noir. Il se tenait dans un champ de trèfle, près d'une roulotte bleue. J'aurais juré qu'il m'attendait.

À ces mots, la jeune fille devint blanche comme un linge. Elle voulut parler, mais Manuel posa un doigt sur sa bouche :
– Attends, Lily, laisse-moi d'abord finir mon histoire. Quand je m'approchai, le cheval leva la tête et me lança un regard que je n'oublierai jamais. Un regard presque humain. J'eus l'impression qu'il me faisait une promesse : il protégerait Jazamina. Alors, j'ai déposé la petite fille dans un massif de lys, m'assurant qu'elle était bien enveloppée dans sa couverture. Je ne pouvais pas la quitter sans lui laisser un souvenir. Je ne voulais pas qu'elle grandisse en pensant que personne ne l'avait aimée. Mais je ne devais lui donner aucun indice sur l'endroit d'où elle venait, car si elle avait tenté de revenir à Cap-sur-Mer, le Sorcier ne l'aurait pas laissée s'échapper cette fois. J'ai donc caché cette boîte d'ébène près d'elle. Et je

suis parti sans me retourner.

Manuel s'interrompit. Il regardait la boîte d'ébène, à côté de Lily. Bouleversée par ces révélations, la jeune fille parvint à peine à articuler :
– Mais alors, je suis... Jazamina.

L'homme hocha la tête.
– Oui, tu es bien Jazamina.
– Mais je n'ai pas vingt-cinq ans..., dit faiblement Lily.
– Je sais que tout cela est difficile à comprendre, répondit le géant. Le temps s'est arrêté pour toi quand tu étais sous la mer. Tu avais dix ans au moment où tu y es tombée. Tu as passé quinze années sous l'eau, avec Ballanika.
– Ma mère..., murmura Lily.

Incapable de dire un mot de plus, elle glissa sa main dans celle du géant.

Manuel Forestier ajouta :
– Quand je t'ai laissée près de la roulotte bleue, j'avais l'intuition que je prenais la bonne décision pour toi. Mais j'avais le cœur brisé de t'abandonner. J'étais loin de penser que je te reverrais un jour, et qu'en plus

tu serais en compagnie de ta propre mère ! Hier, je ne t'ai pas reconnue. Je ne pouvais pas deviner que tu étais Jazamina. Vingt-cinq années se sont écoulées et tu es encore une toute jeune fille !

Il lâcha doucement la main de Lily et effleura ses cheveux.
– Tu es rousse comme ton père, tu sais !

La jeune gitane se souvint alors de la chevelure de Constantin qui brillait sur le lit de perles, pareille à la crinière d'un lion.

CHAPITRE 11

Lily pleurait maintenant à chaudes larmes. Durant toutes les longues années qu'elles avaient passées ensemble sous la mer, ni elle ni Ballanika n'avaient compris que mère et fille étaient à nouveau réunies.

Pour la première fois de sa vie, Lily ressentit le profond besoin de se blottir dans les bras de son père et d'entendre le son de sa voix.

Manuel apporta deux tasses de tisane fumantes. Il se rassit près d'elle et lui en offrit une.
– Comment était mon père ? demanda la jeune fille.
– Constantin était mon meilleur ami. Nous avons grandi ensemble. C'était quelqu'un de formidable.

Un sourire se dessina sur le visage de Manuel.
– J'étais avec lui le jour où il a rencontré ta mère pour la première fois. Tiens, c'était ici, juste devant ma maison.
– C'est vrai ? répliqua Lily, heureuse d'entendre parler

de ce père qu'elle n'avait jamais connu.
– Ballanika est apparue un jour, venant d'on ne sait où, commença Manuel. Elle avait dix-huit ans. Elle était gracieuse et délicate. Elle portait de beaux vêtements, mais on voyait qu'ils avaient été réparés à plusieurs reprises. Un médaillon en or pendait à son cou. Une dame âgée l'accompagnait ; elle s'appelait Claire. Ce n'était pas sa mère, mais cette femme s'était occupée d'elle dès son plus jeune âge, car ses parents étaient morts tous les deux.
– Oh ! quelle tristesse, s'exclama Lily.

Le géant hocha la tête en la regardant affectueusement. Il poursuivit :
– Ballanika avait entendu dire que j'avais besoin d'une couturière. Avec la taille que j'ai, Lily, tu comprendras que tous mes vêtements doivent être faits sur mesure ! Ton père et moi étions en train de couper du bois lorsque ta mère et Claire ont débouché dans la clairière.

Les yeux bleus de Manuel étincelèrent.
– Nous fûmes tous les deux très impressionnés de voir que cette demoiselle toute menue et cette femme âgée avaient parcouru seules le sentier du Berger et qu'elles avaient réussi à traverser le pont

suspendu, dit-il.
– Avec moi, Ballanika a été encore plus courageuse, murmura Lily.
– Oh oui, affirma Manuel. Et puis, ta mère était si belle et si gentille que je crois que tous les jeunes hommes qu'elle rencontrait tombaient immédiatement amoureux d'elle. Mais c'est ton père qui fut l'élu de son cœur. « Je vais épouser cette fille », m'avait-il dit ce jour-là. Il l'adorait. Il était prêt à décrocher la lune pour elle. Et, de toute évidence, elle l'aimait tout autant. Très vite, tous deux devinrent inséparables.

Le géant marqua une pause. Plus il parlait et plus les images défilaient devant ses yeux.
– Et mon père l'a demandée en mariage ! lança gaiement Lily.
– Oui, répondit Manuel en souriant. Mais il devait d'abord obtenir la permission de Claire. Voyant à quel point ils étaient heureux ensemble, cette dernière lui donna son consentement, mais à une condition : Constantin devait d'abord construire une maison pour sa future femme. Il possédait un lopin de terre à Cap-sur-Mer. Il se mit aussitôt au travail et commença à bâtir sa maison. Bien sûr, je lui prêtai main-forte. Quand le toit fut terminé, il

insista pour y installer une girouette. Il choisit un joli dauphin en cuivre qui tournait au vent. Pour une raison étrange, il était persuadé que cela leur porterait chance, à Ballanika et à lui.

Manuel but une gorgée de tisane et reprit :
– Ils se sont mariés au début du printemps, derrière leur maison, dans le jardin en fleurs. Quelques mois plus tard, Ballanika était enceinte. Le jour de ta naissance, Constantin grimpa sur le toit et s'agrippa à la girouette. Il cria la bonne nouvelle à tous les gens du village ! Il était si fier d'être papa.

Un sourire illumina le visage de Lily. Ainsi, ses parents l'avaient aimée avant même de la connaître.
– Je me rappelle cette journée comme si c'était hier, continua Manuel avec une expression attendrie. Tu étais minuscule et si mignonne... Mais tu n'avais pas un seul cheveu sur la tête !

Il se mit à rire en évoquant ces bons souvenirs.
– Et tu avais la plus petite bouche que j'avais jamais vue ! Pas plus grosse qu'un bouton de chemise ! Tu étais le trésor de Ballanika et de Constantin. Nous étions tous heureux en ce temps-là...

Pendant qu'il prononçait ces mots, le visage de l'homme s'assombrit.
– Pas une seule journée ne passe sans que je pense à eux, déclara-t-il.

Soudain, le rêve étrange que Lily avait fait quand elle était sous la mer lui revint à la mémoire. Ballanika et Constantin se tenaient enlacés, serrant leur bébé entre eux et s'enveloppant dans le châle d'Ophélia que Lily finissait de tresser.

Maintenant, le sens de ce rêve lui apparaissait clairement : elle était ce lien qui unissait ses parents, et elle était ce bébé qui dérivait dans le courant et s'éloignait d'eux.

CHAPITRE 12

– Pourquoi Ballanika ne m'a-t-elle pas avoué qu'elle était ma mère ? demanda Lily.
– Elle ne le savait pas. C'est seulement hier soir que tout est devenu clair pour elle. Il faut dire que, lorsque tu es tombée dans la mer, tu avais dix ans. Ballanika avait déjà perdu la notion du temps. Elle ne se doutait pas du tout que tant d'années avaient passé depuis qu'elle avait quitté son village. Dans sa tête, Jazamina était encore toute petite.

Manuel soupira :
– Hier, elle m'a confié que c'est seulement lorsqu'elle s'est retrouvée dans son ancienne maison qu'elle a réalisé que des décennies s'étaient écoulées et que Jazamina était devenue une adulte. Mais elle n'avait pas encore compris que la jeune Lily à laquelle elle s'était tant attachée était sa propre fille.

Après un silence, Manuel continua :
– Quand Ballanika m'a expliqué que tu avais été

recueillie par une gitane qui voyageait avec une roulotte bleue, ça m'a mis la puce à l'oreille. Puis j'ai vu ta boîte et là, j'ai su que tu étais Jazamina !
– Mais Ballanika est cruelle ! Elle aurait pu me dire qu'elle était ma mère avant de partir ! Pourquoi ne l'a-t-elle pas fait ? protesta Lily.
– Parce qu'elle avait peur... Elle avait honte.
– Peur de quoi ? Honte de quoi ? répéta Lily avec de la colère dans la voix.

Le géant expliqua :
– Elle a toujours regretté de t'avoir abandonnée quand tu étais bébé. Elle craignait que tu ne le lui pardonnes pas. Elle n'aurait pas pu le supporter.
– Mais je le lui aurais pardonné ! s'écria Lily. Comment a-t-elle pu m'abandonner une deuxième fois ?! Après avoir pris l'antidote, pourquoi n'est-elle pas restée ici, avec moi ?

Hors d'elle, la jeune gitane hurla encore plus fort :
– Elle m'a laissée parce qu'elle ne m'a jamais aimée ! Elle n'aimait que mon père et personne d'autre. Je ne lui pardonnerai jamais ! Je la déteste !
– Écoute-moi, dit le géant. Je dois te dire quelque chose de très important.

Lily lui tourna le dos.
– Le flacon d'antidote n'était rempli qu'à moitié, dit-il doucement.

La jeune fille haussa les épaules, comme si elle s'en moquait.

Le géant se pencha vers elle.
– Il n'y avait pas assez de potion pour deux personnes. Ballanika était une bonne maman. Elle ne voulait pas que tu vieillisses à toute allure comme elle. Elle a préféré te laisser tout ce qui restait de la potion.

Remplie d'émotions contradictoires, Lily n'entendait plus rien. Elle se retourna et regarda Manuel. Il continuait à parler. Elle pouvait voir ses lèvres bouger, mais tout ce qu'elle entendait était son cœur qui battait très fort et qui résonnait jusque dans sa tête.

Lily comprit alors que Ballanika était morte. Elle avait sacrifié sa vie pour celle de sa fille. La jeune gitane se jeta dans les bras de Manuel et éclata en sanglots.
– Non ! Ce n'est pas vrai ! cria-t-elle.

– Là, là, fit l'homme pour la consoler. Ta mère t'aimait plus que tout au monde. Les derniers mots qu'elle a prononcés ont été: « Est-ce que Lily me pardonnera ? »

Blottie contre le géant, Lily se laissa submerger par les souvenirs. Elle se rappela la patience infinie de Ballanika, leur vie calme et lente dans la grotte de corail, leurs moments de complicité puis l'aventure tumultueuse qu'elles avaient vécue ces derniers jours.

Ce qu'elle avait lu dans les lignes de la main de Ballanika était donc vrai. La dame de nacre avait bien retrouvé sa fille. Et elle lui avait sauvé la vie à deux reprises : la première, lorsque Lily était tombée dans la mer, en déposant le précieux caillou sur sa langue et, la seconde, en lui offrant ce qui restait de l'antidote.

Lily se dit que Ballanika l'avait vraiment aimée de tout son cœur. La jeune fille réalisa aussi que la vie lui avait donné une chance extraordinaire : elle avait finalement retrouvé sa mère et passé quinze années avec elle.

Manuel consola Lily et la serra dans ses bras jusqu'à ce qu'elle n'ait plus une seule larme à verser. Elle leva enfin les yeux vers son visage rassurant et lui sourit.

Lily sentit toute l'affection que Manuel éprouvait pour elle, même s'il la connaissait à peine. Les paroles qu'Ophélia avaient prononcées le soir de son dixième anniversaire lui revinrent à la mémoire: « Ici, je vois un homme qui veillera sur toi. En fait, c'est bizarre, on dirait qu'il t'a toujours protégée. »

Ophélia ne s'était pas trompée. Manuel avait sauvé la vie de Lily, alors qu'elle n'était encore qu'un tout petit bébé. La jeune fille ressentit une grande paix. Elle comprit qu'un lien très fort l'unissait au géant. Spontanément, elle le tutoya:
– Manuel, as-tu dit à Ballanika que je lui pardonnais? demanda-t-elle en s'essuyant les joues.
– Bien sûr! Ne t'en fais pas. Elle savait que tu l'aimais aussi.

Manuel était peiné de constater que la fille de ses meilleurs amis était orpheline.

– Tu sais, Lily, j'ai promis à ta mère que je prendrais soin de toi.

La jeune fille découvrit dans les yeux du géant une profonde tristesse. Elle devina que toutes ces années de solitude lui avaient été pénibles.
– À partir de maintenant, nous allons veiller l'un sur l'autre, n'est-ce pas ? lui dit-elle en souriant.

Manuel Forestier passa alors quelque chose autour du cou de Lily.
– Ta mère m'a demandé de te remettre ceci.

C'était le médaillon en or, celui que Ballanika avait repris des mains de Constantin lorsqu'elle lui avait fait ses adieux dans la grotte de corail.
– Ce pendentif était très précieux pour elle. C'est son père qui le lui avait offert. Il t'appartient, maintenant !

Lily prit le bijou pour le regarder de plus près. Sa surface dorée était lisse et bombée, sans aucun ornement. Elle remarqua un petit bouton sur le côté et appuya dessus. Le médaillon s'entrouvrit.

Un symbole était gravé à l'intérieur : le profil d'une femme et un serpent… Cette image lui rappelait quelque chose. Il lui semblait l'avoir déjà vue quelque part.

Soudain, elle se souvint. Elle frissonna. C'était le même emblème qui était marqué au fer rouge dans le dos de son ami Tanaga !

Après un long périple, Lily a enfin percé le secret qui entoure ses origines. Bouleversée par la disparition de la dame de nacre, elle peut heureusement compter sur la présence rassurante de Manuel Forestier. Mais au fond de son cœur, Lily souhaite ardemment poursuivre son voyage… Pourra-t-elle reprendre la route ? Réussira-t-elle à retrouver les traces de son passé ? En apprendra-t-elle davantage sur celui qui a brisé sa famille ?

Découvre-le dans le prochain tome de *L'or des gitans* :
La quête de Lily
(Parution au printemps 2009)

DANS LA MÊME SÉRIE

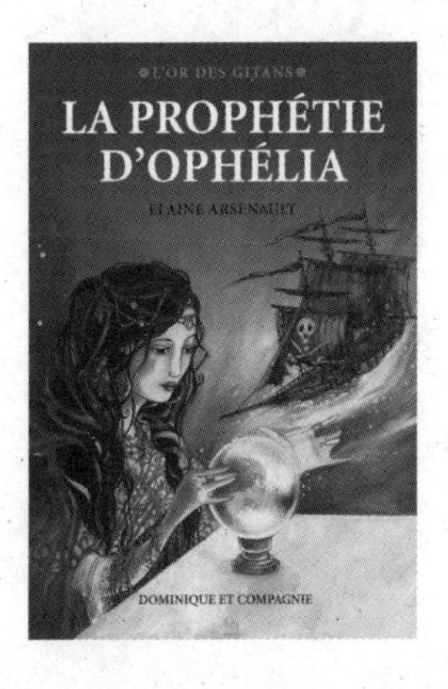

Un matin de printemps, en lisant dans ses feuilles de thé, Ophélia, la belle gitane, fait une étrange prophétie. Peu après, au beau milieu d'un massif de lys, elle découvre la personne qui bouleversera sa vie. Mais des ombres planent sur Ophélia et ceux qu'elle aime. Pourquoi fait-elle d'horribles cauchemars ? Qui est cet affreux personnage qui la hante ? Quel secret cache-t-elle dans son gros livre rouge ? Et quelle est la signification de cette mystérieuse boîte d'ébène ?

La prophétie d'Ophélia
est le premier tome d'une incroyable saga
où s'entrecroisent les destins d'une belle gitane,
d'une fillette abandonnée, d'un cheval au
grand cœur et de dangereux pirates.

REMERCIEMENTS

Lorsque j'eus enfin terminé le premier jet de mon manuscrit, Sylvie Dubuc, ma grande amie, me suggéra de rencontrer Barbara Creary, une de ses connaissances qui travaillait dans le domaine de l'édition. Le jour venu, j'entrai dans le restaurant où nous avions fixé le rendez-vous. J'avais ma vieille boîte en bois sous un bras, et mon texte fraîchement imprimé, sous l'autre. J'avoue que j'étais très nerveuse. Durant tout le repas, j'attendis poliment que l'une de nous aborde le sujet de mon manuscrit, mais cela ne fut pas le cas, du moins pas avant qu'on nous apporte la carte des desserts. « Il paraît que vous avez une histoire », dit Barbara. J'allais lui tendre l'énorme enveloppe jaune, mais elle hocha la tête: « Je préfère que vous me la racontiez. »

Je posai la boîte sur la table et l'ouvris avec la petite clé argentée. En racontant l'histoire, je montrai un à un les objets mystérieux qui m'avaient inspiré chaque chapitre : les fioles, les cartes géographiques et un sifflet en forme de poisson. À la fin, quand je refermai le couvercle, Barbara murmura en souriant: « Confiez-moi votre manuscrit. »

Trois jours plus tard, je reçus un appel. Je reconnus la voix au bout du fil. C'était elle. « J'ai lu votre histoire. Je l'ai adorée. Il y a juste un problème. La longueur... Il faudrait la rallonger ! » C'était il y a huit ans. Depuis, *L'or des gitans* est devenu une saga. Merci, Barbara.

Je tiens à remercier Agnès Huguet, ma directrice littéraire. Pendant plus d'un an, nous nous sommes rencontrées régulièrement, discutant du manuscrit pendant des heures.

J'ai beaucoup apprécié ses suggestions, son soin du détail et son enthousiasme indéfectible. Elle m'a inspirée, encouragée et conseillée avec brio. Merci, Agnès, de m'avoir accompagnée dans ce grand voyage.

J'adresse un merci tout particulier à Caroline LaRue, ma traductrice, qui s'est si bien attachée à mes personnages et à mon univers, et qui s'est engagée de tout cœur, avec sa grande sensibilité, dans cet ambitieux projet.

Je souhaite remercier Gabrielle Grimard pour ses superbes illustrations, qui donnent vie à mes personnages, les graphistes Primeau & Barey pour leur magnifique travail, ainsi que Céline Vangheluwe, ma réviseure, pour son regard aiguisé.

J'aimerais exprimer ma reconnaissance envers Jim et Mary qui ont aimablement accepté de relire le manuscrit anglais. Je souhaiterais aussi remercier ma famille et mes amis qui m'ont écoutée si patiemment tout au long de cette folle aventure. Je garderai toujours de très bons souvenirs de toutes les discussions que nous avons eues autour de ma table, dans des cafés ou au téléphone. Sean et Brenda, merci d'avoir compris mon âme d'artiste. Marc, merci de m'aimer.

ELAINE ARSENAULT

Tout a commencé le jour où Elaine Arsenault a déniché chez un antiquaire une boîte d'ébène de la taille d'un étui à violon. Fascinée par l'objet, elle s'est amusée à y collectionner de petits objets : la photo ancienne d'une fillette inconnue, des sachets de cuir, un sifflet en forme de poisson... Quand, soudain, alors qu'elle y rangeait de petites fioles de verre, une image extraordinaire lui est apparue : celle d'une jeune gitane et d'une roulotte bleue. Envahie par l'émotion, Elaine Arsenault s'est aussitôt mise à écrire l'histoire d'Ophélia, de Lily et de Zingaro, laissant courir son imagination comme un cheval au grand galop.

« Je ressens une grande intimité avec mes personnages. Les méchants me font peur, mes héros ne sont pas toujours braves. Les choses tristes qui leur arrivent me font de la peine. Leur espoir me donne du courage. Lorsque j'écris, je vois des images se dérouler dans ma tête, un peu comme dans un film. Je suis dans la même pièce qu'eux et c'est comme si je vivais, moi aussi, leur expérience. Pour un moment, je suis ailleurs et quelqu'un d'autre. Cela peut être très exigeant et, parfois, je mets quelque temps à m'en remettre. Quelquefois, lorsque je relis mes manuscrits, je ne sais pas comment j'ai pu inventer une telle histoire. »

Elaine Arsenault est née à Montréal, où elle habite toujours.

Chez Dominique et compagnie,
Elaine Arsenault a publié une série d'albums illustrés pour les plus jeunes :

Le grand rêve de Passepoil

Les petites bêtises de Passepoil

Le grand spectacle de Passepoil

La petite frousse de Passepoil